U0682131

差生守则

CS
XY

小姬 著

中国出版集团

现代出版社

差生守则

第一条
别人越忽视你，你越要无比爱惜自己。

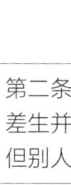

第二条
差生并不低人一等，我们不是别人的王，但别人也成不了我们的王。

第三条
差只是我们的短板，不是我们的全部，更不是坏。

第四条
请相信：凡是存在的都是合理的，差生也有光芒。

创世学院
高一十三班

顾惜

【年龄】15岁

【身高】158cm

【体重】40.7kg

【星座】白羊座

【性格】元气满满不知畏惧，
喜欢冒险，心目中朋友和家人
是最重要的东西。

【擅长】额……貌似没什么擅长……
煎蛋算吗？

【背景】创世学院创始人的孙女，
爸爸妈妈是探险家。

【理想】开个花店当老板。

✤ ✤ ✤ ✤ ✤

创世学院
高一十三班

沈千墨

【年龄】16岁

【身高】178cm

【体重】64.5kg

【星座】摩羯座

【性格】外表很高冷，
一说话便很大妈，
虽然经常小气又记仇，
但关键时刻还是以大局为重。

【擅长】辣么多他擅长的东西，
学习好会赚钱根本就不算什么，
其中最擅长的自然是美貌啊。

【背景】以第一名成绩入学创世学院，
同时还是人气模特哦。

【理想】给某位花店老板当员工。

★ ★ ★ ★ ★

创世学院
高一十三班

卫寻

【年龄】15岁

【身高】175cm

【体重】62kg

【星座】狮子座

【性格】沉默寡言的人每次一开口便是重点，
　　　　认为行动才是最重要的表达方式。

【擅长】制作机械动物

【背景】普通家庭的孩子，
　　　　哥哥曾经是创世学院顶尖学生。

【理想】见到哥哥，并成为和他一样优秀的人。

* * * * *

创世学院
高一十三班

白晓米

【年龄】15岁

【身高】167cm

【体重】~~50~~ 49.9kg

（由于本人不愿意暴露真实体重，以实际情况为准）

【星座】天秤座

【性格】聒噪又粗心，

对什么都充满好奇心，

对任何人都抱着善意，

是个很好骗的女孩子。

【擅长】吃

【背景】纵横亚洲的白氏财团继承人。

【理想】也不用太优秀，

能不丢脸地继承下父亲的集团就好。

✦ ✦ ✦ ✦ ✦

创世学院
高一十三班

唐宿

【年龄】16岁

【身高】183cm

【体重】77kg

【星座】处女座

【性格】暴躁易怒，
考虑问题比较简单，
有点大男子主义。

【擅长】打篮球和打架

【背景】被禁赛的篮球特长生。

【理想】成为篮球界的超新星。

* * * * *

目录

×

Contents

第一章

不存在的
班级

夏天。炽热的太阳在城市上方爬行，不见消退的高温平白为机场推着大小包奔走的旅客们增了更多焦虑，广播里正播报着各个航班的动态，明江机场作为明江这个著名旅游城市众多对外交通方式中的一个，总在每年的八九月份迎来它的高峰期。

八九月，正是学生们入学返校的时间点。

和机场里匆匆忙忙的行人不一样，一个小麦色皮肤的短发少女站在机场书店前，手里捧着本小册子，正可怜巴巴地和胡子拉碴穿着人字拖的书店老板讨价还价。

"能不能把这本《创世学院生存守则》退了啊……"

"哪有书都看完了还能退的说法。"

"真的不行吗？"

"不行。"邋里邋遢的书店老板用双手决绝地在胸前比了个叉叉。

假装可爱的顾惜见退货没戏，脸色一变将小册子"啪"地一下摁在柜台上，露出威胁的小眼神："可是老板，你卖的这是盗版书吧？当心我报警哦……"

她作为今年即将入学创世的新生，一下飞机就在机场书店发现卖有关创世学院的书，觉得好奇便顺手买了下来，结果翻到最后，发现除了一些她不明白的校规外，本来应该是本书重头的所谓"生存守则"竟然都是些东拉西扯的玩意儿。

十五年来顾惜都接受探险家父母的自由教育，从能记事起就开始世界各地穿梭，冰岛的极光、澳大利亚的大堡礁、秘鲁的印加古迹……这些都是她的现实教科书，她爸妈说的好："行万里路，读万卷书"，所以要说正儿八经坐在教室里上课，顾惜还真从未有过。但是用脑子想想也知道，上课不过是有人看护着学习而已，用得着如此夸张吗？还出了本生存守则。但是，更夸张的是，看完这本胡扯的守则之后，顾惜觉得自己要是不去把这本破烂给退掉，就对不起爸妈这么多年来的苦心教育。

"你说说，这不是盗版是什么？竟然总结出什么狗屁弱肉强食的丛林法则？还有……书里面说每个年级固定只有十二个班，那我算什么？"

顾惜翻出口袋里的入学通知，上面白纸黑字明明写的她是一年级十三班的新生，连几个班级都搞不清楚，手册里这么巨大的bug错得也太明显了吧。

"偶也不造啊……"人字拖汉子双手捧着脸，也冲顾惜卖了个萌。

顾惜被吓退了一步，正不知道下一步怎么办时，突然在书店外传来了混乱的奔跑声，中间夹杂着少女气喘吁吁的尖叫。

"有小偷！小偷！前面那个人偷了我的包！"

顾惜眉头蹙起，转脸寻找着发声源，不过瞬间便在那个年纪相仿的女孩子焦急奔跑指认中确定了方向，然后迅速爆发出小宇宙。

处在机场内的书店是半露天结构，而顾惜所在的地方正是靠近机场外侧，她一手将录取通知往裤子口袋中一塞，另一只手扔下《创世学院生存法则》一撑书店的桌子，娇小的身体腾空跃起，直接在空中划过一道漂亮的弧线翻转而出。

顾惜不是什么标准的功夫少女，只是身为两个疯子探险家的女儿，学会如何保护自己已经成了本能，而她的最强项大概就是永远用不完的体力和惊人的攻击力。

偷包贼跑得飞快，不少听到呼救的好心人也加入到这场追逐中，但不久就体力不支地败下阵来，只有轻装上阵的顾惜还保持着刚开始的速度，并且慢慢接近前面一直用力跑着的少年。

这场不知道什么时候能够结束的追逐简直是棋逢对手。

快要追过半条街，一直奔跑着的少年突然停了下来，他刚气喘吁吁扶着腿蹲下要缓口气的时候，就被很快赶来的顾惜飞起一脚踹了个正着。毫无防备又体力透支的少年直接连人带包栽倒在地。

"啊喂……"面颊险险擦过地面，少年又惊又怒迅速撑地转身。

顾惜呼着气走到转头大叫的少年面前，一把抢过他手里的粉色挎包，盯着男生完美如模特的面孔先是感叹地摇摇头，然后便是举着挎包对他一阵暴打："你还敢冲我'啊喂'啊？小小年纪做什么不好，偏要干偷鸡摸狗的勾当，白长那么好看了！我替警察叔叔教训你！教训你！教训你！"

"你……别打我脸啊！同学，我……"帅气少年护着脸边挡边躲，好不容易喘上口气，才看清面前是一个和自己年纪相仿的女生，没想到"同学"两字刚说出口，就又招来顾惜更加猛烈的一阵包包连环敲。

"谁是你同学啊，别喊得那么熟！"顾惜恨铁不成钢地想要再教训这个偷包贼几下，突然想起，刚才心急追小偷，自己的行李没拿啊！刚刚拖着行李箱去退书，人进店里去了，行李箱可是放在了店门口了。

顾惜慌忙住手，往回跑了一段儿才想起回头留话："算你走运，本姑娘就不送你去警察局了，就当给你一次改过自新的机会！"

少年摸着还隐隐作痛的腰以及一碰就感觉火辣辣的脸，又想哭又想笑，他一全世界都追捧的天才美少年，改什么过自什么新啊！？

地上有一张纸片被风吹起，男生眯着眼睛捡起一看，原来是创世学院的入学通知书。瞅了瞅已然跑远了的女孩子，他才没那么好心喊住她。

"随便喊了一句同学，原来真的是同学啊，还是那个班级的新生。顾……惜。"男生看着上面的名字若有所思地爬起身。

顾惜跑回去把挎包还给失主，然后在书店处毫无意外地面对了自己的行李箱真的失踪了的事实，书店的人字拖老板还贱贱地递上她刚买的那本《创世学院生存守则》，很安慰地告诉她，还好，总算还保留了点儿财产。

顾惜蹲在地上捧着小册子，真是有点儿欲哭无泪。行李里的钱物丢了也就罢了，证件丢了还可以补办，可是爷爷过世时特意留给她的唯一纪念物可是再也补不回来了。

"那个真的是很重要的东西吗？"因为顾惜帮忙找回包包而一直跟着帮忙的女生林星拎着自己的大包小包很是无措："真的好抱歉，为了帮我追这个，你把自己的东西丢了。"

"哎……算了，是我自己不小心，林星你别愧疚。"顾惜擦擦鼻子站起来，翻动着手里的守则扑哧笑出声："还能给我留点儿东西已经很不错了。"

"创世……你是创世的学生吗？"书上面创世的字样映入林星的眼睛。

"嗯，今年的新生！"

"哇！太好了！我也是今年的新生呢，以后请多多指教！"林星看着顾惜，鞠了个九十度的躬，然后歪头微笑。

在去创世学院的出租车里，顾惜讲着她最近和老爸老妈在非洲草原的经历，什么遇到部落人、寻找大象墓地……说得林星一愣一愣的，而林星也讲了她如何努力才进入创世的过去，两个女孩子叽叽喳喳说着话，距离拉近不少。

创世的难进是最近几年的事，它很多年都不再接收普通学生，而是优中选优越来越走顶尖路线。到最近几年，变成了只招收全国各地的天才少年，这些顾惜都是知道的。但从对创世颇有研究的林星嘴里说出来，倒有一种能进入创世是比中大奖还难的既视感了。

她顾惜虽然不会是笨蛋，但也不可能是爱因斯坦、霍金那样的天才，连学都没上过几天，就只是因为爷爷的遗愿而进到创世，算不算被大奖中的大奖直接砸到脑袋？顾惜听着林星滔滔不绝地讲创世的传奇，只能不自在地呵呵苦笑，然后继续听林星对学院的新一轮分析。

"全能天才，所有进创世的都是全科A的全能天才，每一届最出众的十位学生聚成享有全校优待和众多福利的特优一班，"林星推了推鼻梁上厚厚的眼镜片："像我这样被偷了包包都半天了才反应过来的女生，自然是进不了特优班的，不过还是觉得能在创世学院上学就已经是无上荣耀的事了！"

顾惜继续呵呵笑。

"我被分到了九班，你呢？搞不好我们可能是同班同学哦！"

说到这个班级号，顾惜想起她录取通知书上的十三班来，顿时晃了晃手里的《创世学院生存手册》问道："我看这本手册里说创世每个年级固定只有十二个班，但我就是十三班的呢！"

"十三班？该不会就是……"

"怎么了？"

林星看着顾惜的目光有些闪烁："没什么，我只是突然觉得有点儿累，机场离学校还远着呢，我们别说话了，趁这时间睡会儿吧。"

她说完便自顾自偏头靠在椅背上，闭上了眼睛。

虽然顾惜一向都神经粗得像大象腿，但还是能明显感觉到林星态度的细微转变，便也不再说什么，安静地看着窗外房屋变得低矮变得稀疏，然后渐渐变成绿树成海的美丽风景。

顾惜虽然从来都没有来过这个城市，对创世学院只是从小耳濡目染地从图片和爷爷的描述中了解，所以也不觉得陌生。可是直到到了学校，顾惜才知道，原来所有图片里的记录都不足以描述眼睛里看到的这座校园。

现代、高雅、依山傍水，像个未来世界的小镇。

用几何形状拼接的极富艺术感的校门上还有建校人的题词："每一个孩子，都可以创造一个世纪。"

顾惜停下脚步喃喃念着这句话，林星则已经交过入学信函，拖着她众多的行李向校园内走去。顾惜刚想伸手帮她拿几个的时候，林星就如同触到什么不应该触碰的东西那样，条件反射地向后退了几步，然后尴尬笑笑："顾惜，我一个人能行的……这么大的学校我这路痴找到宿舍都不知道要用多久，我就不陪你了。"

眼镜少女慌张地挥手道谢，然后转身飞快地跑开。

顾惜看着林星匆匆离开的背影不再说什么，自己也来到门卫老师面前，伸手到兜里掏入学通知书。直到这时候，她才发现，口袋中那张重要的信函不知道什么时候不见了！

幸好创世的系统里留有每个入学新生的资料和近照，几番周折，顾惜倒也顺利进入了学院。确定是创世学院的学生，被允许踏进校门时，她也注意到门卫老师看着她的眼神里流露出的古怪。

除了什么行李都没带之外，难道她还有其他什么不对劲吗？顾惜若有所思地皱眉头，没再继续多想，她还是决定先按照校园里提示的路标，往自己宿舍的方向找过去。

学校里面的风景更甚于在外边所见，大树、流水、小桥，隐藏在绿阴里或是现代化或是古典感的建筑物简直让人惊叹。

所有的一切，人、动物、自然都极其和谐地结合在一起。

爷爷说过，创世学院不只是教给学生们知识和技能，更是要培养对全世界都充满善意的情怀。科技太过于冰冷，需要会动会叫的大自然来成为大家的老师。所以严谨又充满智慧的爷爷才会任由老爹老妈带着小不点儿的她满世界跑，从来没有强迫她像别人家小孩那样好好念书。

可能在老人家的心中，快乐又正直的成长远远重要于其他。

凭借指示牌，顾惜大致上弄清楚了整个学院的布局：三个年级的特优一班宿舍集中在一起，几乎是处在校园的中心地带，围绕着特优班伫立着教学楼、体育馆、图书馆以及餐厅等主要活动场所，到哪里都很方便。每个年级二到十二班的宿舍则分散在地势好、采光好的湖边，红墙黛瓦间别有一番风味。只是偏偏她的十三班宿舍如同缩地失踪了一般，怎么找都找不见踪影。

顾惜在校园里转了大半天，把整个学校都走了好几遍后，才终于在一片林子最深处发现了一年级十三班宿舍所在地。

"这是什么鬼啊！"

顾惜看着和废墟有一拼的一排木头房子，内心极度崩溃。若不是这次走得慢，终于看清了门牌上写有一年级十三班的班级号，她一直认为这个地方绝对是个供人参观的十八世纪建筑艺术遗迹。

林子幽静得吓人，这被树木遮挡了大半的宿舍一点儿人气都察觉不到。顾惜脑子里飞速闪过恐怖片里的画面，跳动几下眼皮，才老老实实踏上满是青苔的石头台阶，准备凑近了仔细看看以后要住三年的地方。

突然台阶上方的正门被"砰"的一声推开，呛鼻的巨大灰尘夹杂着啊呀啊呀的怪声扑面而来。顾惜赶紧捂着嘴巴跳回原地，然后被一只浑身披着报纸的怪物给扑了个满怀。

就在顾惜全身战斗潜能即将被引发的危急时刻，怪物最顶端的报纸骤然滑落，露出一张可爱的女孩子面颊，两只乌溜溜的大眼睛狂热地盯着正挣扎着向后仰倒的顾惜。

"你是来十三班报到的吗！？"伴随着一声惊喜的高音。

顾惜两手并用推开女孩儿用力凑近的脑袋，并一直保持这个动作答："没错啊。"

"哇……你是十三班第三个成员！我叫白晓米，以后你就是我的舍友了哦！快点快点进来，对了，你没有带行李吗？"这个叫白晓米的女孩儿蹦跳着放开顾惜，在她空荡荡的身后左看右看来回寻找她的行李。

顾惜摊手，然后在这个奇怪舍友白晓米的指引下进入了奇怪的十三班世界。

木头房子里倒是比外面看起来好很多，一间宿舍起码有两个卧室，一个带厨房的小会客厅，设施什么的也都一应俱全，只是所有的一切都落满了灰尘，貌似无人居住已久。在门口处还丢着白晓米打扫用的工具……从仍旧四散的垃圾、几乎无任何进展的卫生状况来看，比她早来两天的白晓米似乎不太擅长清洁工作。

白晓米脱了身上的报纸到厨房冲了两杯咖啡，招呼顾惜在客厅唯一干净的沙发上坐下。在新舍友的热情招待下，顾惜也不扭捏，直接把这一路所有的疑惑都问了出来。

"啊，这个嘛，因为我们是十三班啊。而十三班一直都被称为不存在的班级。"

"什么意思？"

白晓米放下手里的杯子，可爱的表情终于变得落寞起来："创世只收全科A的天才是众所周知，但这也有例外。创世学院十三班的学生都是因各种其他原因让学院破格录取的，但肯定不是全A啦，像我就是运动神经错位，体育一项无论多么努力都无法达到A。但最终也能进入创世学院，不过是因为家族赞助了一笔巨资，才让创世容忍了我的小小不足。你知道白氏企业吧？我就是继承人。"

顾惜点点头，白氏这个纵横亚洲的商业帝国，她怎么可能没有耳闻，只是身为财团继承人都要被如此对待，创世果然是才能至上。

"而且就我这几天的听闻，发现全校只有一年级才有十三班，之前年级十三班的人，都是还没有念到二年级，就全部退学了。具体原因，我了解的也不是特别清楚，反正学校里的所有人都称十三班为不存在的班级。"

"消失？"顾惜摸着下巴看了看周围，难怪这宿舍的感觉就像是很久无人入住的废城堡，原来每一届的主人待不了多久就会离开。

顾惜翻动起唯一带来的《创世学院生存守则》，书里没有提到第十三个班级，林星和门卫老师知道她是十三班的，所以态度才那么诡异，其实十三班为什么消失的原因已经显而易见了。

"顾惜，你手里拿着的是什么？什么……守则？"

"啊，没什么，一堆废纸。我们拿来擦玻璃吧。"顾惜"刺啦"一声把包装不错的书籍从中间撕成了两半，这一次，她真的什么都没有了。

本来嘛，那本神神叨叨的，说什么只有绝顶天才才能在创世存活下来的守则有什么用？

荒唐。

咖啡时间结束，难姐难妹的顾惜和白晓米都拿起清扫工具，开始浩大又艰巨的打扫工程。顾惜问起了除了她们俩之外的那第三个同学，白晓米对着窗外努努嘴，然后无声地摇摇头。原来，从白晓米来到现在，她也只见过那第三位同伴一面。男生唐宿，白天躺在宿舍睡觉，晚上爬起来打游戏，日子过得颓废又负能量。

顾惜心里大概了然，想着什么时候去会会这位以后要相处三年的同伴。

但很快顾惜就顾不上别的了，因为白晓米的运动神经错位已经让她额上青筋乱跳了。打翻水盆、踢到纸篓、时不时把顾惜整理好的东西又给弄乱……到了最后，顾惜直接把白晓米提溜出门外，因为让她在一边待着就是对两人最大的帮助了。

在生存能力超强的顾惜的辛勤努力中，以及白晓米的精神支持下，废墟一样的宿舍一个下午就变得焕然一新，再花多些心思打理装饰一番，其实也并不是那么不适合居住。

离学校报到截止还有几日，这几天顾惜看到其他班级的新生们又陆陆续续来了不少，只有他们十三班却再未出现第四个同学，做引导和管理工作的班导本应早就该出现在这里，但是十三班的三名同学却也迟迟未见到这位神秘班导现身。

顾惜也逐渐发现，十三班在学院里的存在感微乎其微，学院里的其他老师和同学都是其乐融融的一个整体，只有他们几个像是游离在集体之外，无人问津，与那些天之骄子格格不入。

所以，在天才云集的创世学院，十三班就是差生的代名词，是天才和差生泾渭分明的代表，两个世界天壤之别的待遇，最终让内心不够强大的往届前辈都选择了放弃，所以在《生存守则》中，都没有出现十三班这个班级，一定是这个原因了。

没有更多的同伴，甚至连班导都懒得出面欢迎他们。照这样的发展趋势，恐怕这一届的十三班很有可能就是创世的最后一届了。

而那个昼伏夜出、连学院餐厅都不去的唐宿，因为要参加开学典礼，顾惜邀请他一同出席，总算才第一次真正见到了本尊。

比她高出几个头的魁梧身形，手臂和小腿的肌肉无比强健，脸上的棱角分明，穿着礼服都掩饰不住一股扑面而来的压倒性气势。只是从那双通红无神的眼睛，乱糟糟的头发以及宿舍门口堆成小山的速食面餐盒传递出来的信息，表明他现在并不是处于一种健康的生活状态。

"嗨，我是一年十三班的顾惜。"站在门口邀请唐宿一起去参加典礼的顾惜大方地伸出手。

"你好。"唐宿随意地拍了下顾惜的手掌，然后不耐烦地一脚踢开滚到他脚边的面盒，径直朝木屋外走去，嘴里咕哝着："好端端的开什么典礼啊，浪费时间！"话虽然是这样说，但还是奔着典礼会场走去。

顾惜和白晓米对视一眼，无奈地咧咧嘴，耸耸肩，自嘲地拍拍还在空中的手掌，也跟着唐宿离开了十三班的木屋宿舍。

夜幕降临，整个学院最庄严浩大的建筑——巴洛克式的礼堂里，灯火辉煌，天花板正中悬挂着一盏盏巨大的琉璃吊灯，明亮的光芒照得大厅如同白昼，比过节更加隆重的喜庆气氛，吸引着校园内所有的人。新生们排列着整齐的队伍，身着统一的帅气校服，兴奋地来参加向往已久的创世学院开学典礼。

每年新生开学典礼最值得期待的都是：神龙见首不见尾的校长现身，最优秀的新一届学生代表致辞。

关于今年入学的最优生沈千墨，顾惜短短几天时间里就听到了关于他的不少传闻。据说入学的各项指标考核，沈千墨全部是A+++的成绩，他还因为帅气无敌的样貌，在不少报纸杂志担任兼职平面模特，几乎可以说是零缺点的全能偶像型人物。

她还听说，一向最看重长相的沈千墨入学的时候，居然鼻青脸肿，大家风传他似乎是在来校途中遇到了抢劫。

这个社会真是可怕，面对一个良善有才的美少年，那些打劫的下得了手吗？顾惜一向都疾恶如仇，内心对这件事一直愤愤不平。

白晓米拖着顾惜的手到达礼堂的时候，人基本上坐满了，两人好容易在人群中找到十三班可怜巴巴的一小排座位区，却发现那里已经被一只浑身银白色的机器狗给率先抢占了。

"你是哪里来的……"就在白晓米不开心地向狗狗发难的时候，那只由各种各样的金属元件组成的狗狗转过脑袋，打量着面前的顾惜和白晓米，然后一言不发地抬起腿向内挪了一个座位，然后又乖乖蹲下，电子眼继续看着前面。

"这家伙还挺可爱的。"被那家伙礼貌的让座所萌到，白晓米两眼放光，跑过去摸狗狗光滑的金属头，而这种做法，竟让它竖着的小尾巴欢快地摆动起来。

唐宿对这只意外出现的小东西一点儿兴趣都没有，他打着哈欠，懒洋洋地一屁股坐到了最里面的位置，然后抱着胸闷头大睡起来。

这时礼堂门口急匆匆地又进来一批快迟到的新生，顾惜回头，一眼看到一个戴眼镜的少女，默默落在那队人的后面，那孤独的身影很熟悉。前面的人都自顾自地坐定在九班划分的区域内，只有最里边的角落空着。大家根本就没有注意她，所以连个起身让路的人都没有。

少女孤单地站在那里，手足无措，顾惜认出她就是开学那天认识的林星。

顾惜想想，还是决定伸手招呼她："林星，我们这里还有很多空位呢，来这里坐吧！"

瞬间，几乎是以顾惜为圆心，周围十米开外都安静了下来，九班不少人顿时闭上嘴，惊愕的视线在顾惜和林星之间徘徊。刚才还尴尬站立在原地的林星听到喊声，转过脸，用恶狠狠的目光剜了顾惜一眼，然后急忙推开众人，挤到了自己班级最里面的空位上坐下。

"她这是什么意思？"白晓米之前已经知道顾惜为了帮一个叫作林星的新生抢回被偷的包，而丢了自己行李的事，但现在看来，那个被帮助的人非但一点儿感激之情都没有，还在担心受到顾惜的牵连，像躲瘟神一样，生怕躲得慢一点，就惹得一身麻烦。这种人，压根就不值得顾惜对她大发善心。

白晓米对林星刚才的态度很是不满，刚想上前理论一番，礼堂里就响起了典礼开始的音乐声。顾惜赶紧拉着气呼呼的白晓米坐好，低声宽慰她几句，然后默默地想，即便她是好心叫林星，打破她的尴尬，但确实是她的喊声给林星增添了困扰吧……

在主持人短暂的出场后，全能偶像沈千墨即将上台发言，顾惜的喊叫带来的骚动顿时平息，连白晓米的注意力也转到了沈千墨的身上。

只见那个男生从第一排的座位上站起，低头向台阶处走去。

明明所有人都穿着同样的深蓝色礼服，可这个人的背影总是让顾惜觉得莫名的熟悉。女孩儿皱着眉摸着下巴努力地回忆着，却始终没有搜寻到相关的信息。等到沈千墨终于站定在话筒前，露出他还贴着创可贴的面孔时，顾惜顿时吃惊地张大了嘴巴。

这家伙，不就是前几天在街上被她逮住的那个偷包贼吗？

男生神情自若地站在台上，如沐春风地环顾会场一圈儿，待所有人都安静下来后，他才摸着脸上的创可贴俏皮眨眼："在我致辞之前，先澄清一个事实，披露下整个学院这几天一直疯传的关于我的谣言。"

"我没有遇到什么打劫的，只是帮别人抢回一个被偷的包包，被误会成贼，于是让无知人士给痛揍了一顿而已。不过话又说回来了，我们创世学院的学生从外形上看，就那么像不良少年吗？"

沈千墨无辜哀叹的表情引得会场一片笑声，整个会场的气氛也变得轻松起来，只有顾惜越发觉得自己的面颊发烧。

好吧，是她一时冲动，没给别人机会解释清楚。回想那天，她确实是听到喊声后追了出去，就只看到他在她前面跑，追上后就看到包在他手上，真的没看到抢包的到底是谁，的确是误会了沈千墨，还让他无辜地挨了一顿揍，那她这个"无知人士"是不是应该找个机会道歉呢？

很快，沈千墨致辞结束，他时而激昂时而诙谐的发言可谓精彩绝伦，这无疑让他在最短的时间内成为了校园新宠。

这，这沈千墨简直就是妖孽啊……顾惜看着所有人眼中流露出的狂热，无奈地摇头。

最期待的部分已经如愿看到，在后面冗长的宣誓、诵读校规的过程中，顾惜觉得眼皮开始打架，抱着机器狗的白晓米戳过她几次都不见效，若不是不久后礼堂内突然爆发出的一阵欢呼声震醒了她，她大概能一直睡到典礼结束。

"这是……什么情况？"顾惜揉揉惺忪的睡眼。

"天哪，亲爱的，你赶紧醒醒！是贝校长要出场了！"

"……"

"在来创世之前，我就听说过很多次贝校长。他十五岁从创世毕业就进了科学院，不到二十就成了全球最年轻的教授，被誉为最顶尖的天才，后来退出研究界进入创世学院管理层的时候，很多人还觉得很遗憾。"白晓米一边仰头努力看清走上台的男人，一边小声细数着贝校长的事迹，"自他让创世走了精英路线之后，创世才真正成为了世界有名的学院，说起来这位贝校长真是神坛之上的人物。"

顾惜清澈的眸子里，映现出正在发言的中年男人深邃智慧的面孔，鼻梁上架着的一副金丝眼镜，更与他浑身散发的气场相得益彰。

从外表看，这的的确确是个谦和文雅的人物，只是这份谦和文雅中，掺杂着一种让人难以亲近的距离感。

小时候常常抱着她玩的贝叔叔，多年之后再次见到，怎么竟会有那么奇怪的感觉？

顾惜挥动着双手，把心里冒出来的黑色小人赶走，她亲爱的贝叔叔肯定还是和原来一样爱着她的！但人是人，观点是观点，顾惜并不赞同白晓米的话："其实我不赞同什么精英路线，如果因为天生资质平平，就无法得到同等优质的教育，那创世学院的存在就没有意义了。爷爷说过'每一个孩子，都可以创造一个世纪'，我是如此的深信这句话。"

"可是……"白晓米想反驳，张了张口却想不到该说什么。

正在两人说话的时候，贝校长对所有新生们的入学贺词已经接近尾声，顾惜凝视着那个熟悉的面孔，心情颇不平静，现在只盼望着典礼早些结束，赶紧回去睡觉，却没想到在这个时刻，自己的名字竟然从话筒处飘荡而出。

"一年级十三班顾惜同学罔顾学校校规，入校后一连几日无故不穿校服，特立独行，目无纪律，严重影响了学院的声誉及威信，通报批评，也借此机会提醒不愿接受约束的同学，学院要求如果不自觉遵守，就要接受惩罚。典礼结束后由十三班全体成员打扫礼堂。新生开学典礼到此结束，其他同学都回自己的班级所在地狂欢吧！"台上儒雅的中年男子镇静地宣布了这个决定，然后微微欠身，风度翩翩地走向后台，一点儿商量的余地都不留给十三班的学员。

贝校长最后一句话引爆了全场，幸灾乐祸的人们纷纷把目光投向顾惜，不怀好意地发出了最热烈的欢呼。

一直闭目养神的唐宿此时睁开了眼睛，虽然没有任何明显的动作，但能感觉到他结实的、遍布着肌肉的手臂在微微抖动。

白晓米怔愣片刻，在突然意识到发生了什么之后，站起来朝快要消失的背影努力挥手："不是这样的！校长大人——"

贝叔叔你怎么可以这么对我？顾惜一副苦瓜脸的表情：入校前丢了行李，不负责任的班导这么多天连面也不露，只想着借白晓米的几套衣服救救急，然后再到教务处，把事情经过讲述清楚，补订两套校服，应该也不是什么大不了的问题，可是没想到偌大一个学院，连这点儿小事居然还兴师动众地拿到典礼上说。

可是顾惜一转头，发现所有起身离开的同学都用异样眼光看过来，三人甚至还能听到吹着口哨的揶揄，以及时不时蹦出的"差生"二字。那些轻蔑嘲笑、幸灾乐祸、冷眼旁观的让人寒心的态度在一瞬间扑了过来时，顾惜顿时就恢复了冷静。她拦住白晓米，淡定地扯了扯那和校服相似的黑色小西装，轻轻说："算了，说什么都没用。我们也不要让其他人看笑话了。"

唐宿偏了偏头，毫不在意地迎视着所有投过来的视线，顾惜和白晓米则重新坐回椅子上，坦然地面对着所有人的目光，不卑不亢地装作看不见、听不到，直至礼堂里最后只剩下他们三人。

空荡荡的豪华大厅，落寞了下来。

"顾惜，我们真的要打扫整个礼堂吗？"在所有人离开后，白晓米高昂的头终于耷拉到了胸口处，完全没底气的话语在巨大的空间里因为回声重复了两遍，而"整个"这两个字却在她脑子里回荡了无数遍。

作为全校集会的重要场所，还不包括二楼的部分，光今天所用的一层大厅就有上千个座椅，仅仅用偌大根本就不能来形容它，而十三班全体成员才三个而已，更准确地说，正常的劳动力只有顾惜和唐宿两人。

如果真要打扫，就算是不眠不休，一夜也扫不完吧！

"嘭！"唐宿用拳头猛地击打了下椅背发泄着怒气，再抬手时，四根手指已经在重击下充血变红。

顾惜也皱着眉头犯难，心里的小恶魔开始翘着尾巴砸她的脑袋：让你逞强，遇到困难也不去求求贝叔叔，现在好了吧，好了吧，了吧……

谁能派个超人来救救他们哪！

突然白晓米抱着的机器狗从她怀里跳下，蹬着短嘟嘟的金属腿向礼堂前面的舞台跑去，这"嘎吱嘎吱"的声音，吸引了两个女孩儿的视线，目光随着它移到了舞台的红色帷布上。

帷布慢慢鼓起，随后有了波纹式的闪动，一只手从帷幕侧面伸了出来，撩起幕布，出现在十三班三名同学面前的是一个纤瘦少年。狗狗直接审到了他的身上，讨好地摇着尾巴。

"喂！你是谁啊？"新发现的可爱宠物被拐跑，本来就心情不佳的白晓米不免对这个第一次见面的少年有些敌意。

同时，顾惜也在打量这个穿着创世学院校服，刘海长得几乎盖住眼睛的男生。

只见他抱起狗狗，从礼堂高台上跳下，镇静地向顾惜三人走来，然后两脚交叠，随意靠在了前排的座椅上。

"我，卫寻，也是十三班成员。"

"哈哈哈哈，这位童鞋，你别戏弄我们了，报名几天都没有出现，现在突然别着块假姓名牌冒充是我们班的，有没有意思啊！也好，既然都是一个班的了，那么这个大的礼堂我们一起来打扫啊……打扫啊……"

哪怕已经看清那少年校服胸牌上的姓名和班级，白晓米还是秉持一脸不相信的表情，可又觉得难得找到一个自愿跳坑的笨蛋，绝对不能轻易放过，便双手叉腰，摇头晃脑地重复"打扫"二字。那纤细少年没有应答，只是不紧不慢地从上衣口袋里掏出一只遥控器，"嘀嘀嘀"地在上面按了几下，很快就有声音从礼堂后台传来。

像科幻电影里外星生物入侵地球的场景，众多的黑色或是银黑交织的"长腿巨型昆虫"，从礼堂帷布后窜了出来，它们迅速向整个场地扩散开去。顾惜仔细看看，发现那些全部都是仿真的机器昆虫，只是体积扩大几十倍。

"这……都……是些什么啊！"看清楚那是些什么东西之后，白晓米一下跳到椅子上，双手勒住旁边正认真思考这些机器怪物会怎样打扫整个场地的顾惜，顾惜猝不及防，被勒得直咧嘴，气得她满脸黑线，直接一巴掌把白晓米拍得飞了出去。

机器怪物经过的地方，尘土开始飘浮起来，之后瞬间被强力吸走，大块的垃圾则随着巨型昆虫的推进，被吃到它们的肚子里，有不少蠕虫状的机器昆虫爬上椅子，柔软的身躯在椅子上起起伏伏，腹部划过椅面、扶手的同时，擦拭洁净。整个场面有条不紊，速度快到不可思议，看着这一切，一直不说话的唐宿如释重负地吐了口气。

"白痴。"卫寻放下他手里的机器狗，看了眼还在惊吓中的白晓米吐出两个字。

"你你你你……"

在卫寻和白晓米的争斗来临之前，顾惜击击手掌："好了啦，不管怎么说，这次卫寻帮了我们的大忙，以后我们四个就是相亲相爱的同伴了。欢迎你加入十三班！"

卫寻冷冷点头表示同意，却不再说话。

机器人的清扫进行不久，窗外开始烟花泛滥，各种歌声、乐声混合交错，闯入耳膜，从空气里弥漫着的欢乐气氛来看，整个学校的新生们除了十三班，都在开庆祝会。虽然通过机器人狂热爱好者卫寻的帮助，十三班危机暂时得到解决，但是在这种氛围中，不论是粗神经爱热闹的白晓米，不怎么合群的运动男生唐宿，还是新加入就跟着一起挨罚的卫寻，都难免心情郁郁。大家像是童话故事里的灰姑娘，在每一场舞会进行的时候，却被排挤在无人的角落，不受重视，甚至任人欺凌。

"哎！真没意思，反正我什么事儿了，这些玩意儿你们看着吧，我回宿舍打游戏了，拜拜！"

顾惜下意识地拉住身边男生的胳膊，她皱眉想了想，四处环顾了一下这偌大的礼堂，眼珠一转，表情慢慢变得明快。

只见顾惜起身，蹦跳着向舞台处跑去，明亮又耀眼的灯光也随之跳动起来。

"大家这都是怎么了！不就是被排挤在一场狂欢晚会之外嘛？难道你们都没有发现，其实他们把最棒的场所和最棒的设备留给了我们吗？"顾惜终于在舞台中央站定，她仰着头，伸展双臂在空荡荡的地板上踮着脚尖转起圆圈："上千万巨资打造的礼堂，炫目耀眼的灯光，顶级歌剧院才拥有的音响，精心布置的舞台，我相信十三班的入学庆典一定是学院中史无前例的！"

听到这欢快响亮的女声，沮丧低头的白晓米、不知在想什么的卫寻和已经准备向出口走去的唐宿三人的目光都被吸引了过去。

"在我进入学院的时候，行李箱丢了，什么都没有了，身上仅有一本垃圾书——《创世学院生存守则》，我记得那里面只表达了一个意思，'强者至上，适者生存'。像我们这样的'差生'是不可能在创世生存下来的，其他人都是这么认为的，我知道在你们的潜意识里也是这么认为的。不过我想，十三班应该有自己的守则。"

灯光里的顾惜又转了一个圈，短短的发丝在空中划出帅气的弧度，终于站定在舞台中央，她伸出一根手指，眼神坚毅而热切。

"开学第一天我想要说：进入十三班的第一条守则就是——别人越忽视你，你越要无比爱惜自己！所以，让我们一起跟着音乐跳起来吧！"

顾惜眯起眼睛微微笑着，她走到后台，戴上耳机，食指按上音乐播放键。

在她按下按钮的那一瞬间，这个注定不平静的夜晚就被点燃了。

劲爆的舞曲在礼堂回响，所有的音符鼓点在明灭交织的彩色灯光下跳动起来，白晓米拉着顾惜在宽敞华丽的舞台上笑闹着，就连那些正在打扫的机器昆虫也随着节奏开始扭摆机械臂，高大健硕的唐宿和理智冷静的卫寻毫无思想准备，被这个突如其来的场面惊得不知所措，逼不得已被两个女生带进了独独属于十三班的狂欢舞会。

"西班牙的弗拉明戈。"

"巴西的桑巴。"

"印度的克塔克。"

去过不少国家的顾惜，跟着人家学了不少当地的舞蹈，虽然只是些皮毛，但也能比划个大概齐，随着礼堂音乐的转换，兴致勃勃地跳了起来。不够标准的动作，配合顾惜搞笑的表情，逗得白晓米前仰后合，然后在大笑中拉着浑身不自在的唐宿转起圈圈。

"喂！当心我揍你哦！"大男生尴尬地想甩开白晓米的手，却被她黏得更紧。

"大家一起开心嘛。来嘛，卫寻，你也过来和我们一起跳，哈哈哈哈……"

就在大家逐渐放开，玩得开心的时候，一阵电流声响起，音乐戛然而止，所有的灯光瞬间熄灭。

突然而至的黑暗和寂静，让大家的动作在瞬间都停了下来，他们都疑惑地张望着，不知道出了什么问题，然后就在礼堂最顶端门口处发现了一个逆着夜风站立的女人。

几乎是隔着整个大礼堂的距离，顾惜还是能感受到远处那个穿着中世纪黑色长裙的女人身上散发出来的不友好气息，而她的枯瘦苍白的手也还没从电闸盒子处离开。

看来是来者不善。

女人拖着裙摆向站在礼堂舞台上的四个人走来，"咔哒咔哒"，高跟鞋踩地的声响恐怖得吓人，在她慢慢走近之后，顾惜终于看清了她的样貌。

颧骨高耸，发髻梳得一丝不苟，已经不再年轻的皮肤有些松弛，看样子年龄可不小了，粗略估计有五六十岁的年纪，只有那被长裙包裹的身材，依旧保持着少女的纤细。

白晓米打了个寒战，也不知道为什么就选择躲到顾惜身后，嘴巴里轻轻嘟囔："顾惜，你说这老妖精是谁啊？不会是……学院的午夜幽灵吧？"

顾惜没有说话。

老女人走到他们近前，停了脚步，她把双手交叉放在腹部，看了看四个少年，向也在打量她的少年们露出森森冷笑："初次见面，我很荣幸。在此我有必要郑重介绍下自己，从创世学院有十三班以来，受校长重托，我一直担任十三班班导的职务，学校里的所有人都喊我Miss Morry，不过你们也可以喊我——魔鬼。"

除了顾惜外的三人都瞪大眼睛，刚刚Miss Morry说的最后两字，森森然带着死一般的寂静。

"初次见面我也很荣幸。"顾惜微微倾身。

Miss Morry又趾高气扬地向众人走近几步，那只被卫寻称作"马铃薯"的机器狗，不知道从哪个角落突然蹦了出来，一边狂吠着一边奔向黑裙女人。还没待它靠近，Miss Morry就皱眉伸脚，把细胳膊细腿毫无威胁力的"马铃薯"踹得在地上打了几个滚。

几乎是在同时，卫寻已经跳下台去，抱起四脚朝天的"马铃薯"，查看无虞后才抬起愤怒的眼睛，似乎要把面前的女人烧穿几个洞。

"你不用这样看着我。"Miss Morry倒毫不在意，她板着脸依次扫视着四人："卫寻、白晓米、顾惜，还有唐宿，从今以后你们就是我的学生了。在十三班要服从我的管理，服从学院一切规定，如若违反或者有丝毫异议，那就给我滚出创世！"

"作为班导，我也给予你们四人一个友情提醒，每一届十三班学生都从未在创世坚持到一个学期，我想这个你们也是有所耳闻的，你们这一届，我的预言是可能一个月都坚持不了。聪明的，就趁早认清形势，赶紧从这所天才全优生的学院里退学，何必浪费自己的时间还有精力呢？哈哈哈哈……"

这女人仰头大笑，她的笑声不再有刚才的那股阴阳怪气，而是一种极端的放肆疯狂，带着浓浓的轻视。

这种轻视如同根根细针，顺着血液狠狠地直插入十三班每个人的心脏。原来迟迟不出现的班导是这么憎恶自己班级。在少年的心中，班导都是像母亲一样，珍惜和守护自己班级上的每一个孩子的，这颠覆性的事实，让孩子们有些缓不过神来。

女人收敛住笑声，仰首提起裙摆转了个身往外走，边走边说："哦，对了，我今天过来最主要的目的是要告知大家关于新生军训的事，今年和往年有很大不同，学院为了节省大家的学习时间，决定把为期一月的新生军训改成三天的野外徒步行军。打扫完礼堂，我们明天早上八点银河操场见。"

"小傻瓜们，晚安。"Miss Morry甩开她的裙子，高傲地仰起头，可怕的高跟鞋声再次响起，然后很快消失在四人的视线里。

礼堂又重新恢复了宁静，夏末的傍晚，阳光失去了威力，正是让人神清气爽的时刻，但是在阴沉沉的黑暗中，那个女人所带来的冲击力余波竟是让人不免冷得打战。

"恐怖的女人。"这次白晓米也不再粗线条，"我有一种预感，Miss Morry绝对会成为我们留在创世的最大障碍。"

顾惜舒口气，松开紧攥在一起的两只手，她的手指也凉得可怕。从刚来学校时的不受欢迎，遭到排挤，到现在连本班班导都明显给予的恶意，这经历也真算是人生头一回了。虽然这种语言暴力并不能让她受伤，她也并非离不开此地，只是爷爷要求她无论遇到什么都一定要在创世坚持下来。她答应了爷爷，就得做到。

爷爷说她是光，驱散黑暗的光。

顾惜来到礼堂控制台，拉起电闸打开了灯，一切黑暗瞬间被一片光明取代，紧张可怕的气氛也随之驱散而去。

"能阻碍我们留在创世的最大障碍，不是任何人，而是我们自己。"顾惜又走了回来，望着三个从今以后将并肩作战的同伴："加油。"

"加油！"白晓米也重重地挥了挥拳头。

"什么加油啊！你们没看清楚形势吗？从自己的班导，到整个学院，都对我们充满了不屑。"大块头男生突然有些疯狂地张开双臂向后退去，"他们不想让我们坚持到最后，那么多届前辈们都做不到的事，你以为你、你、你行吗？"

唐宿指着一动不动的三人，转头从门口跑掉，消失在夜色里。

班导的出现和唐宿的暴走让大家没有心情再继续跳舞，礼堂的清扫工作很快结束，顾惜白晓米带着卫寻回到他们的木屋宿舍，由于疲惫，他们倒头便睡，一觉便到了第二天早上。

顾惜他们急匆匆赶到银河操场，那里绿草茵茵，草叶上面滚动着新鲜的露珠，透出清晨朝气蓬勃的气息，流线型展开的主席台上已有学院老师们在分发行军装备。

由于预想的痛苦军训突然变成短暂的野外行军，所有聚集在操场上的新生们都激动异常，领到深绿色行军制服、野外生存手册以及必要用品之后，大家都开始叽叽喳喳讨论起来，兴奋地想象着从明天开始的三天徒步行军该多么有趣好玩。

只有顾惜冷静地翻动着学院下发的这些装备：帐篷、指南针、呼救器、军刀……地图。女孩儿首先拿起背包里的地图，打开后认真审视，才知道这一切原来根本不是想象中那简单的徒步，怪不得三天的行军能和一个月日晒雨淋的军训等价，说到底难度是只增不减。

发下的地图是有名的洛河峡谷地形图，因为丛林地势复杂，借道的水流交错纵横，山洪泥石流不分季节的频发，所以哪怕风景再美，景观再奇特，国家也没有将它开发成旅游景点，而任由它变成鸟兽们的天堂。

老爹老妈曾经去探险过一次，那时她正出着水痘，连家门都出不去，于是只能遗憾错过。没想到现在得了机会一窥究竟，她和洛河峡谷也真算是天定的缘分。

"嗒……嗒……呲……"广播里突然有了试音的声响。

"所有一年级学生请安静。现在是年级主任金道子给大家讲话。"一个男人浑厚的声音通过广播,传播到整个银河操场。

喧闹的操场静了下来,顾惜也放下了手里的地图,坐在草坪上。

"这次的野外徒步,学院挑选了极具挑战性的洛河峡谷,在三天时间里,每个班级由自己班的班导带领,走出峡谷即算作训练成功,并集体获得本学期第一个学分!训练全程,学院不进行补给,不进行指点,但鉴于这项行军有一定的危险性,每人发放呼救器一枚,我们还会派出直升机等工具,七十二小时全面巡视和救援。预祝大家都能获得学分!"

金主任的通告结束,操场上响起一阵掌声、兴奋的口哨声,之后是更加激烈的讨论声,每个班的班导带着自己班成员,开始计划和筹措起该如何圆满完成这项任务。

哪怕是极度不乐意,十三班的四个人还是把视线挪到了一直抱着双手,站得远远的Miss Morry身上。但她那一副见到他们就像见到病毒的嫌弃样子,让顾惜等人不由自主在透明的空气中就和她划出了泾渭分明的界限。

妇人脸上的表情很奇妙,她昂着脑袋,不紧不慢地走向顾惜四人,用轻视的目光瞥了他们一眼,眼中多了种隐约的快意。

这种嘴角微微上挑的快意,让顾惜觉得会有不好的事情发生。

"各位,我一个老妇人实在无法在这原始丛林一样的地方行走三天三夜,所以我会向学校提出十三班弃权。"

"弃权?啊啊啊——"白晓米有些难以置信地从草地上跳起来,却因为用力过猛,被一块石头绊到脚尖,然后摔了个狗啃泥。

顾惜挫败地拍了下自己的额头,果然是运动神经错位的家伙。

"是的,你们真以为这学分那么好拿,学院既然选了洛河峡谷,意图就是让有的班级不能在三天之内走出来，况且你看你们——"Miss Morry冲着刚从地上爬起，一身草屑的白晓米努努嘴："所以还不如……"

"所以还不如一开始就先放弃是吗？但Miss Morry您为何一定认为拿不到学分的班级会是我们班？"顾惜也站起了身，"我们是不会同意这个决定的。如果您因为身体原因无法带领我们，我倒是可以在这次徒步中暂代班导职责，带领十三班从洛河峡谷走出来。"

"哦？我凭什么相信你？"

顾惜无奈摊手："反正按您所想我们怎么也是得不到学分，与其让我们舒舒服服在学院待三天，倒不如让我们出去吃点苦头，也许我们更能快速地认识到现实的残酷，也好早一点退学。Miss Morry，这不是你一直想要的结果吗？"

女人桀桀怪笑，白晓米和卫寻只觉得身上一阵寒意袭来，Miss Morry望着顾惜赞赏点头："那好吧，让你们吃点儿苦头也不错，反正我是不会和你们一起浪费时间，去争取那注定得不到的学分的。好吧，我同意你的提议。"

在顾惜和白晓米击掌欢呼的时候，唐宿却从草坪上爬起来，将校服甩到肩上："对不起，我弃权，这三天行军我不参加。"

唐宿拍拍屁股，连看都不看一眼发给他的那堆东西，就手插在兜里率先离开了，经过Miss Morry旁边时，他停了半秒，却什么都没说，径直离开了。

"唐宿！唐宿！"顾惜大声喊着男生的名字，但这并没有什么效果。

唐宿的弃权离开又引来"魔鬼"一阵得意的大笑，顾惜看向了并未表态的卫寻，她不知道这个一直冷冷地抱着机器狗的少年心里怎么想。

"放心吧，我要拿到那个学分！"

"嗯！"

回到木屋，顾惜又不死心地敲了唐宿的门，可是很久他都没开，无奈之下顾惜只能写了张大家都希望他不要放弃的字条，将它从门缝里塞了进去后离开。至于明天的行军他出现不出现，便只能由他自己决定了。

三人开始准备去洛河峡谷要用的东西，结果花了一个上午的时间，白晓米和卫寻累死累活准备出来的物品，顾惜只扫了一眼，就全部打了叉叉。白晓米要带的各种能量食品，卫寻要带的成堆衣物和清洁用品，全部被顾惜扔了出去。

"吃货和洁癖，这三天还是通通都忘了吧。"

"那我们会不会饿死？"白晓米扯开一大条巧克力往嘴里塞，一想到未来三天要过上原始生活，她立刻决定，现在就撑爆自己。

"放心，有我在。"

"那……"

"放心，有我在……"

经过让人头晕目眩、想要暴走的铺天盖地的提问之后，顾惜唯一允许白晓米和卫寻超额携带的就是——"马铃薯"。因为白晓米和卫寻一副完全割舍不下的模样，顾惜只能举手投降，不过幸好那家伙能跑能走，只要路况稍佳，它就不用人背了，也成为不了他们太大的负担。顾惜重新给大家整理的三个背包里面，只带了少量的补给，可是像是登山绳这类型卫寻和白晓米完全不知道有什么作用的东西，反而全部被装了进去。

紧张又混乱的准备工作一直持续到深夜。第二天天还没大亮，创世的所有新生就要被直升机载着向峡谷深处飞去。在背着包向直升机乘坐点走去时，顾惜还一步三回头地张望，想看到唐宿的身影，但唐宿真的让她失望了。他没出现。

近百架直升机在学校上空划起巨大旋风，场面浩大气势不凡，让顾惜又见识了一次学院的财大气粗。

每个班级被放置的地点相距不是太远，但都不尽相同，十三班的落地点是在一大片茂密的原始树林里。

螺旋桨远去的声音终于消逝后，顾惜把东西都交给卫寻，环顾了一下四周高耸入云的树木，用地图和指南针测量了一番，在附近选了棵最高的树爬上去。她爬树的熟练和轻巧程度，不啻一只森林小兽，看得卫寻目瞪口呆。

满目的绿色覆盖了整个峡谷，飞鸟时不时从繁密处飞起，从星星点点反光的地方，能看到远处藏着一条河，如果没有看错，那就是洛河。洛河不仅是整个峡谷的生命线，更是顾惜要寻找的目标。只要顺着河一直行走，就能到达学院规定的集结地，那是最好的路标。

等顾惜从树上滑下来，刚下飞机就冲到远处呕吐的白晓米也抖着腿走了回来，她瘫坐在地上，看着四周简直一模一样的林木，头疼地捂着脑袋嚷嚷："我们现在怎么办？"

"去找洛河。"顾惜从靴子里抽出军刀，向面前的方向指去。

原始丛林树木茂密，无数大大小小、形状各异的树干呈青灰色，有的倾斜，有的粗短，上面都长满苔藓和黏糊糊的附生物。

"顾惜，这里的树都长了胡子！"走了一段时间，晕机症状已经好得差不多的白晓米开启了她的好奇心，她指着每棵树上都长着的或白或绿的丝状物说。

"你说的还真准，这些是松萝，也叫树胡子，只要环境有一丁点儿的污染它就无法生存，所以说洛河峡谷是真正人迹稀少的原始森林。也正因为这样，大家更要小心点。"

越往里走，森林越发茂密，三人吃力在树林间前进，小心地避开裸露在外面的盘根错节的树根。顾惜拿着军刀走在最前端，一边走一边劈断又高又长的灌木，尽量为后面的同伴创造出便利的行走条件，可是，即便如此，纤细的机器少年以及运动神经有问题的粗线条少女仍旧走得磕磕绊绊，这使得顾惜不得不边开路，边不时回头照看他们。

正午的时候，整个林子潮湿闷热得要命，空气里一直存在的压迫感越发沉重，蚊虫的活跃已接近极点，满世界都是嗡嗡的声音，就算是每一秒都在身上打一次驱蚊药，恐怕也于事无补，三个人不停拍打，依旧不能逃脱被叮咬的命运，到最后只好疲惫放弃。

三个人满头大汗，体力透支达到极限，一路上白晓米总记不住教训，走路不小心，磕磕绊绊，摔倒无数次，身上脸上全是泥，走得比谁都艰辛的她终于绷不住哀嚎起来："我们到底走了多远啊，顾惜，还有多久才能……到你说的洛河？"

顾惜用手背抹了把快落到眼睛里的汗，回头一看那两人，果然又被她落下很远，便停住了步子等他们跟上："要说多远，从起点到这里也就一两公里的距离，如果按这个速度走，要到洛河，到天黑估计也走不到。"

"什么？那我们岂不是要在这……"过夜两字还没说出口，白晓米的嘴巴就被卫寻给重重捂上，卫寻的另一只手臂也死死揪住了她那还要继续向前探的肩膀。白晓米能从这僵硬的触感中感觉到身后同伴紧紧绷住的神经。

这突如其来的动作把白晓米吓了一跳，她不知道发生了什么事，慌张地看向卫寻，等她寻着卫寻眼睛看着的方向望去时，顿时觉得两腿发软，恨不得马上瘫坐到地上。

顾惜也被卫寻凝重的视线所吸引，这才发现在他们的左前方有一条一米长的银蛇，正盘踞在一棵鳄梨树上！它直立起长长的身体，略呈三角形的脑袋向前伸去，那鲜红的蛇信子正挑衅地朝面前的人吞吐着。卫寻吃力地拉着快要虚脱了的白晓米，眉头紧蹙，站在原地一动都不敢动。

"一定就这么待着，我让你们动的时候，你们才可以向别的方向走。"顾惜语气凝重地从灌木里找到一根长树枝，然后慢慢向银蛇所在的鳄梨树移去。

以前顾惜也曾遇到过这种情况，老爹老妈教她一定要保持镇静，然后再用周围其他的动静分散蛇的注意力，再进行有效的攻击，才能脱离危险。但那时都是有经验丰富的父母在场，她相信不会出任何问题，可现在只有她一个人去应付这样的突发状况，的确有些紧张，心如擂鼓般狂跳。

时间在这个时候变得极其缓慢起来，当顾惜终于能用树枝够到那棵鳄梨树的时候，她觉得像是已经挨过了一个世纪。顾惜紧紧盯住那条还在警惕审视对手的蛇，突然用树枝疯狂拍打鳄梨树的其他枝桠，被身后突然的晃动惊吓到的银蛇猛地瑟缩起身体，顾惜大喊起来："走啊！"

还没缓过神来的白晓米几乎是被卫寻拖着向鳄梨树的反方向疾走，那条银蛇在突如其来的剧烈晃动中，也没了袭击两人的心思，反倒转了身子向顾惜那边扑过去。

如瀑布流淌的汗水早就把顾惜的行军服里里外外都湿了个透，看着危急的形势转到了自己这边，顾惜早就有了拔腿就跑的冲动，但冷静的大脑还是告诉她，在这种情况下，越是逃跑，就会越危险，因为临阵脱逃的行为，会告诉对手你的恐惧。

"哈——"趁着银蛇还未将整个身体扭转过来的时候，顾惜拼尽全力用树枝顶端重重打到它的脑袋上。

这一击用尽了顾惜的所有力气，给了银蛇沉重的打击，本来还想冲过来的银蛇已完全丧失了战斗力，半条尾巴已经从盘踞的树杈上掉下来，随后，它便灰溜溜地向其他方向逃去。

直到看着那条蛇逃得远远的，顾惜心里憋着的一口浊气终于吐了出来，树枝还是下意识地紧紧攥在手上，手的虎口位置因为刚才用过猛力已经磨破了皮。及时得到解救的卫寻、白晓米绕了个圈，回到了顾惜之前所在的那个位置，总算是化险为夷了。

随后的行程都不用顾惜催促，那两个人不由自主地就加快了步子跟上她，对丛林的疲惫已经演变成了敬畏，心里都在嘀咕再累也要早点儿摆脱这个鬼地方。

当刺眼的光芒被漫天暖色的晚霞替代的时候，三人前方的树林越发稀疏，流水的声音也逐渐清晰，不久，一片宽阔的空地以及那一直在苦苦寻找的河流终于出现在他们眼前。

白晓米扔掉自己的背包，整个人欢快地冲过空旷的平地，扑到水里。

"呀吼！顾惜、卫寻，我们找到宝藏了！"

在这一瞬间，天真可爱的女孩子忘掉了一天里所有的艰辛和恐惧，衣服和鞋子都不脱，就开始在水里扑腾玩耍起来，嘴巴里时不时发出夸张的欢呼声。在遇到银蛇的紧张时刻，也没有过多表情的卫寻来到水边，脸上也露出心满意足的笑容。

"白小姐，当心水里有水蛇哦……"顾惜坏坏地咯咯笑着说，果然把还在开心玩耍的白晓米吓得一个跟头栽到水里，然后又慌慌张张地跳起来，快速爬上了岸。

顾惜捂着肚子大笑，可看白晓米一脸恐惧的样子，便止住了笑，不再逗她。接着从背包里翻出几张网来，沿着岸边走了一段路，把它们分别系在她觉得有可能抓到鱼的地方。三人所带的食物不多，在树林里走了一天就已经吃了大半，不过顾惜并不担心，因为只要找到洛河，她就有能力得到足够的补给。经过这么多年的锻炼，找食物这个最基本的生存技能对她还是不在话下练的。

刚被主人放出的"马铃薯"撒了欢儿地哒哒跑动，可不一会儿，它就停了下来，突然发出警示的大声吠叫。卫寻迅速拧干手中清洗的衣物，跑过去安慰地拍拍狗狗的头，然后对蹲在溪边的白晓米和在远处安放渔网的顾惜说道："有人来了。"

两个女孩儿不约而同地站起身，顾惜向远处张望着，很快就有好多创世学院学生的身影陆续出现在她们的视线里，同样的，对方也看到了十三班的这三个人。

"嘿，十三班的差生们是需要自己抓东西吃啊！"

"那个圆圆脸的女生看上去好狼狈，该有多辛苦才能变成那个样子啊……"

人还没到，各种不怀好意的声音就已经提前传了过来。

白晓米握拳咬牙，却明显比在开学典礼时淡定不少，顾惜也毫不理会那些无聊的话，装作听不到，只管放置好最后一只网，然后就回到了之前放背包的地方。

两个女生默默收拾好东西，卫寻也在水壶里装满了足够的水，两个班级才正式在河边面对面站好。那些人胸牌上九班的标志很显眼，顾惜给两个同伴递出现在撤离的眼色，背起背包，目光再扫过那群人，人群里的林星垂头不语，装作看不到她的样子，这一切并没有让顾惜觉得意外。

这次，顾惜没有再喊她。

"你们是准备走吗？那真是太好了，多谢把这么好的地方留给我们做宿营地了哦！"几个男生欢呼着从岩石上跳到平地上，把手里沉甸甸的行装扔到顾惜面前，表示已抢占了这块地盘的主权。

行装扔到地上，飞溅起好多石子，顾惜双手护脸向后撤了半步，但仍是被石子打到腿。她放下护住脸的双手，看着觉得占了小便宜而暗暗得意的几位同校同学有些想笑。

幼稚。这里确实不错，宽阔无遮挡，适合搭建帐篷；草丛稀少，晚上睡觉不用担心虫蛇等毒物袭击；靠近水源，干净水取用方便，只是……所有有经验的探险者都不会选择靠近溪流河床的地方来作为自己的宿营地。

"你们不要在这里宿营，洛河峡谷天气变化无常，"顾惜又指指男生们身后的小山，"而离这个地方不远处是座不小的山丘，如果在水边宿营，遇到大雨或是山洪，跑都跑不掉，那将会是灭顶之灾。请你们相信我！"

顾惜的话引得不少已经走过来准备搭帐篷的男生看向她，但很快便被无视。

"你有病啊，这里怎么可能发生洪水！"累了一天的少年们没有心情去和毫无存在感的差生争吵到底谁更懂野外求生，他们放下巨大的背包，舒展了一下快散架的身子，便在自己班导的安排下进行今日最后一项任务——安营扎寨。

"班导……"顾惜向九班领队进一步说明一下在此安营的危害，就被卫寻轻轻碰了碰胳膊，然后接受到不要再多管闲事的摇头提示。

顾惜知道她担心发生的那种灾害的可能性很小，但如果灾难一旦来临，所有的挽救措施都会失去意义，与其亡羊补牢，不如未雨绸缪，以防万一是野外探险的最基本生存思维。顾惜张张嘴巴，眼睛里映显着所有人的不信任，最终她把话咽了下去，叹了口气，和卫寻白晓米二人拿着东西向别处走去。

"你们相信我说的话吗？是不是也觉得放弃河岸那片宽阔地宿营很傻？"这次顾惜走在了最后面。

身前弓着腰，深一脚浅一脚迈步的女孩子传来噗的一声笑："虽然我觉得你的洪水猜测很好笑啦，但从你一直走在前面为我们开路的时候，我就相信你。卫寻，你呢你呢？"

白晓米用当作手杖的棍子戳戳队伍最前面的少年，卫寻加快脚步避开骚扰，照样走他的路，一声不响一声不吭。

"这个闷葫芦，真没意思。我想知道，创世也收孤独症儿童吗？"

"白痴。"

"呀！你天天一开口就说谁白痴呢！"

……

在打打闹闹中，顾惜三人不久便在离河岸不多远的一个稍高处找到了宿营点，那是一个向内微凹的石壁，避风避雨都是绝佳，窄是窄了点，但也正适合只有三个人的十三班搭建帐篷。

趁着天色还微亮，几人倚靠着石壁搭好帐篷，然后分头捡拾到足够燃烧一晚上的柴火，天色也终于黑了下来。

夜晚，峡谷里的风呼啸而过，整个山林里各种虫鸣兽叫比白天放大了无数倍，只有在石壁包裹住的宁静里，燃起的一堆篝火才有了那么一点让人安定的味道。三个人把湿掉的衣物挂在火堆边的树杈上，又吃了些所剩不多的干粮，连人带精神都温暖了过来。

"这是最后一块压缩饼干了。"白晓米珍惜地把有些碎裂的饼干放回食品袋里。

"没关系的啦，明天就有好吃的早餐了，只要我们一直贴着河走，就绝对不会把你饿死。"顾惜看出白晓米对那块饼干念念不忘的馋样，打掉她按在食品袋上的手，把东西从里面掏了出来，送到她嘴边："吃吧。"

"真的？"

顾惜狠狠点头，白晓米幸福得眯起眼睛。

坐在火堆另一侧的卫寻，没有参加两人的互动，只是抱着膝盖蜷成一团，不时地用树枝扒拉着火堆，遮住眼睛的额发随着他机械的动作也在微微晃动着。

接触这几天，卫寻一直是话最少的那个，沉默和忧郁就是他的代名词。顾惜猜得出来他有心事，既然以后要同学三年，她才不希望自己的同伴无法对自己敞开心扉。

"卫寻，你在想什么呢？"

被点名的少年停住手上的动作，随即又开始拨弄火堆，就在顾惜以为他不会回答的时候，卫寻低沉的声音传了过来："你说我们真的……可以在创世毕业吗？"

顾惜怔住，所有进入十三班的学生都是由于某种原因才被学院破格录取，不用说也知道卫寻一定是凭借非凡的机器人创造天赋进入的创世，只是连不问世事的机器少年也被学院中满满的恶意吓到了吗？

"我真的很讨厌这里，每一分每一秒都有种想扭头回家的冲动，但却拥有一定要留在这里的理由。"

"那是……"

"因为我哥哥。"

火光更热烈地跳动在卫寻脸上，兴许是这安静的夜晚和有人聆听的气氛感染了他，他的话匣子终于被撬开："我哥哥卫桥也是创世学院的学生，在几年前作为学院最优秀的毕业生，被贝校长送他的秘密深造，现在已经三年没有回家……除了每年年末发到家里的关于哥哥的学习生活情况报告，他和我们再也没有其他任何联系，我很担心。"

"所以我想如果我能够追随他的脚步，是不是也能够去那里见到他呢？只是这条道路现在看来好像太过艰难，我除了会做一些没有什么用的金属动物，其他什么都不会，根本就没法像卫桥那样优秀。而现在还在所谓的根本都不能毕业的'差生'班级。"

卫寻的声音越发低落，他长长的刘海倾斜而下，盖住他充满了忧伤的眼睛。不知忧愁的"马铃薯"不停地跳动着，想要用爪子抓住它主人的头发，卫寻无奈地扯扯狗狗的耳朵。

原来是这样，所以他才说一定要拿到学分啊……

"我不知道大家如何定义优秀，但是你，在做自己喜欢的事情，而且拥有那么棒的天赋，为什么不能称为优秀？我相信你哥哥会为你自豪，而你也一定能实现你的愿望见到他。"

"希望如此。"

夜空里一颗流星划过天际，长长的尾巴映入两人的明眸，卫寻立刻双手合十，闭上眼睛，嘴里念念有词。顾惜笑了笑，回头看了一眼身侧那不知忧愁，已经靠着她睡着了的白晓米，觉得这艰难的一天也不算太差劲。

第二天一大早，三人收拾好所有东西，就向昨天顾惜放置渔网的地方走去。他们到达的时候，九班的人才刚刚醒来。

睡意蒙眬的少年们，有的站在水边洗脸，有的还在帐篷边收拾，在看到不远处走过来的十三班三人时，不少人都停下手里的动作，望了过去。

"嘿，不是说这里宿营会有危险的吗？"

"对呀，说好的山洪呢？哈哈哈哈……"

在几个男生戏谑的话语中，越来越多的笑声也掺杂进来，要不是班导适时出现，让大家抓紧时间做好自己的事，大概这种没有意义的嘲笑还要持续很久。

顾惜领着卫寻和白晓米找到自己放渔网的地方，但并不是所有的机关都能捕捉到猎物，翻了前面两只渔网，都是空空如也，直到最后一只网，顾惜把它从水里拉起来的时候，才有了大收获。

这只网竟逮到了两条鱼和一只蟹！两条鱼翻动着尾巴，在岸边的鹅卵石上竭力地跳动着，被拖上岸的青蟹挥动着它的钳子，试图从网里逃脱出去。顾惜跳过去，一巴掌摁住那只不听话的螃蟹，由于前两只网毫无收获而低落的心情，也随之轻快起来。

"怎么样，今天的早餐很美味吧！"

"可是顾惜，你怎么知道要把网放置在哪里？"

"我放置网兜的地方选择的都是在岸边凹进去的水域，那里的水是呈略微静止的状态，有些鱼类就喜欢向平静的地方躲，所以按照这一习性，我们能够抓到它们！"顾惜从靴子里掏出她万能的军刀："爸妈都喜欢探险，不管是丛林、沙漠、深海还是雪山，只有学会自己找吃的才能活下去，所以我也必须学会啊。如果像别的班级那样，将三天的所有粮食都背上，我们恐怕还没走出去，就会被累死在这里。"

白晓米想起早上集合时，不少人的背包都有半个人高，背起来就像座小山似的，这已经够分量了，更别说还要背着它们走路，跋山涉水，想想就让人头痛，不由得吐吐舌头，庆幸之前听了顾惜的话。

在水边支起简易的煮锅，顾惜熟练地收拾好抓到的食材，投到锅里，一锅鲜香无比的鲑鱼螃蟹汤就袅袅飘出了味道，瞪大眼睛的白晓米，直勾勾盯着顾惜时不时搅动的汤勺，不停地擦口水，卫寻已经捧着早准备好的水杯在旁边乖乖等待。

十三班这边开心地分食美味，在他们不远处，刚刚还嘲弄过他们的人们，闻着美味的鱼香，却只能嚼着硬邦邦的干粮，大概这一天都不会有好的心情吧！

顾惜看着周围"射"来的无数不友善视线，挑起嘴角，把脸藏在杯子后边，露出了个"坏坏"的笑。

她又不是天使，嘴皮子上的胜利根本算不了什么，对不爱他们的人最好的打击报复，就是要让他们知道，她会过得比他们好。

顾惜凑近杯沿，美美地喝了口鱼汤，露出心满意足的表情。

接下来两天，十三班三人决定都沿着洛河行走，沿水行进的道路明显比丛林好走不少，速度自然有了很大提升。因为有顾惜在，除了早上的那顿美味鱼汤，卫寻和白晓米还很有口福的吃到了许多其他野生食物：能食用的甜甜块茎、一捞一个准的小鳌虾、树上的鸟蛋……

顾惜时不时暴露出的生存技能，惊得卫寻和白晓米都快要掉了下巴，而同样也沿水行走的九班成员更是诧异，再见到十三班时，已经没有人会放肆地嘲笑他们了。

峡谷旅行比预想的还顺利，到了第二天宿营时，大家很快就都沉沉睡去。不曾想在天快要亮的时候，洛河峡谷突发了一场大暴雨。

雨滴毫无预兆地倾盆而下，帐篷很快被击得东倒西歪，整个丛林山谷里巨大的嘈杂声让十三班的三人一下子都醒了过来，黑暗中大自然咆哮的力量是如此之巨大，它似乎想要摧毁一切。

在所有可怕的巨响的交织中，有一种奇怪的隆隆声传进顾惜的耳朵。顾惜侧头仔细听了听，皱眉，然后瞬间惊慌了起来。

"快点儿！我们得赶紧向更高的地方跑，这峡谷可能……"顾惜从睡袋里迅速钻出，把还不明状况的白晓米也挖了出来，刚探头出帐篷，就正好遇见也觉得不安而从另一顶帐篷里匆匆跑出来的卫寻。

帐篷外更是雷雨交加，顾惜在大雨中朝卫寻喊出了自己的猜测："这峡谷里可能真的要发生洪水了！"

迷糊的白晓米也清醒了过来，三个少年手忙脚乱地穿好衣服，顶着暴雨，用最快的速度收拾了帐篷塞进背包，手牵着手，踩着越发泥泞湿滑的泥地，向高处走去，越来越大的雨，把他们浇得浑身湿透，狂风吹得人寸步难行。

狂风暴雨中的树木在疯狂摇曳，雨水、树叶，还有被卷起的小沙粒，打得人眼睛都睁不开，除了手牵手紧紧连在一起才能防止被风刮倒，此外别无他法。就在三人一步步慢慢行前的时候，突然呼救器刺耳的鸣叫声，瞬间冲破了夜的黑暗，紧跟着，越来越多的呼救器发出求救信号吗，大声呼救的声音也纷繁而至。顾惜拉着两人停住正在前进的步子，凝眸看向呼救发出的方向。从隔着暴雨，声音仍旧那么清晰来判断，按响呼救器的地方离他们很近。

"顾惜，不会是有人发生危险了吧？"白晓米紧了紧身上已经全部湿透的衣衫，有些担心地望了过去："我们现在怎么办？"

"一定是九班吧！"从一开始就完全不信顾惜的九班两次安置营地的地方都是河岸边，如果发生了洪水，他们一定是首当其冲的倒霉蛋。

卫寻把防滑用的大树权提起来，拉着顾惜的手决定继续向前："这是训练，我们不是救世主。"

越来越多的雨水顺着雨帽流到顾惜的头上脸上，这般的大雨她就是跟着爸妈四处游历时都很少见过，如果不快点儿找到安全的地方，他们三人可能会被飞沙走石或是折断的树木给击中，或者遇上更可怕的灾难。

只是有人更加需要帮助，哪怕那些人不能算作朋友，甚至是她讨厌得不得了的。

"不管怎么样，那始终都是我们的同伴。"顾惜犹豫片刻，还是坚定地转身。

"那些人算哪门子同伴！？"卫寻想生气，却终于在顾惜执拗的表情中败下阵来："好了顾惜，他们和我们的确是一个学院的同学……那就赶紧去看看好了！要是能做点儿什么，我们尽自己所能帮帮忙也行，但如果不行，我们也别逞能——喂！别跑这么快啊！"

顾惜拉着白晓米和卫寻匆忙靠近救援声发出的地方时，遇到了不少正在反向奔跑的别班同学，一些老师们正在竭尽全力地帮助大家，每个人都狼狈紧张到了极点。

从不断警告大家不要过来，赶紧向别的地方撤离的扩音喇叭中，十三班的三人总算知道发生了什么事。

连续两天把营地扎在水流边的九班，被这次暴雨带来的洪水，瞬间就淹没了整个营地，所有人从睡梦中惊醒，匆忙逃窜。逃亡过程中，有一个女生不小心滑倒掉进水流中，然后就被巨大的冲击力冲到了一个地下洞穴里。

为了避免其他人再被冲进洞穴，听到救援声赶来的学院人员和一些其他班班导，指导着学生向安全地方撤离，在这种危急时刻，先顾好其他学生，不能再出危险才是上策。剩下就只能靠校方赶紧派专业人员、专业设备来营救了。眼下就是要保证现有学生的安全。

谁也不知道不过三天时间，怎么就会那么倒霉，遇到了洛河峡谷有史以来最大的一场暴雨。在之前所做的各种计划里，学校都没有把涉及洪水的问题列入之内，更没有相应的抵御洪水的救援措施，而在暴雨中，救援直升机则完全派不上用场。

人仰马翻一片混乱中，大家发现，被大水流淹没的靠近洞穴的区域里，几乎没有人。

顾惜赶到现场时，水势略有减小，大半个洞口都露出在水面之上，她没有像其他人一样听从命令往相反方向跑掉，而是冷静地从背包里掏出登山绳。这是别的人这次峡谷徒步绝对不会带上的绳索，却一直是顾惜从小到大跟着爸妈出门冒险时的必带物品，没想到这次未雨绸缪的准备，到了最后真的还派上了用场。

把绳索的一头交给卫寻和白晓米，顾惜则拖着整整一卷绳索，踩着水准备靠近那个洞穴。

"顾惜！你想干什么？"

"救人！"顾惜在水里加快了速度，只要洞底情况良好，那个跌入洞穴的女生就还是有生机的，只是要分秒必争罢了："你们紧紧抓住绳子那头，就待在原地，其他的事我能处理好的，别担心！"

虽然和顾惜只相处不长时间，但是她那永远骄傲、永远肯定的话语总能让人感觉到一种安定的力量，只要她说别担心，那就绝对不会有问题。这次连卫寻也不再说话，只是紧紧地攥着绳索的另一头。拉着绳索的两人对视一眼，在使人几乎无法睁开眼的暴雨中，坚定地和顾惜站在一起。

直径有几米大的洞口，位于山丘和洛河之间，顾惜半走半游，总算到了洞口，她用手电照了照，虽然不断有水向其中涌入，但好在里面的空间比想象中大得多，似是一个巨大的黑暗客厅。

"里面有人吗？你还在吗——"顾惜趴下来扶着洞口边缘大喊。

"顾……惜？"

"林星！是你吗，林星？"听出熟悉的声音，顾惜伸长手臂向洞内照了照，终于在转弯处的底部看到了隐约的人影，她正瑟瑟的攀着洞穴壁，顶着水流的冲击力抬头挥手。

"是……我在这里，在这里……"

顾惜把肩上的绳子在自己腰上缠了几圈，然后慢慢放了下去，"从这里到你那不算太深，穴壁虽然接近垂直，但是抓住这根绳子，你就能用双脚蹬着壁面爬上来！有我在这里拉着帮助你，一定可以的！"

这种近乎于垂直攀岩的行动，对于第一次尝试的女孩子来说是个极大的挑战，已经在洞穴困得又累又冷的林星勉强抓住绳子，在顾惜的帮助下努力几次，还是在原地不动。

"我不行的，我爬不上去。"在不断向下冲击的水流中，林星浑身湿透，一张脸越发惨白，她摇晃着身子开始崩溃地大哭。

"我知道这很难，别急，我会一直陪着你，再试试，千万不要放弃！"顾惜因为长时间泡在寒冷刺骨的水里，双手已经变得僵硬，整个手掌心被勒得通红，并开始渐渐失去力量。顾惜只能咬牙，然后更加收紧手里的绳索。

在黑暗中的林星也明白现在只能自己救自己，如果放弃，很有可能就会永远留在这个黑暗阴冷的巨大地洞中。

林星集中精力，开始了又一次尝试。

感觉手上腰上的重量渐渐变沉，顾惜死死拉住绳索的同时，也感觉到自己的整个身体在向下慢慢滑去，洞穴口的水流也不断地冲击着她，妄想把她推到黑暗里去。

"卫寻！晓米！拉紧绳索不要松手！"

就在顾惜快要坚持不住的时候，有两只手握上了她的绳索，如山的压力瞬间有了另一个人来分担。

一张面孔映入顾惜的眸子，不过两面之缘，短暂的会面甚至友好相处都算不上，但那张帅脸还是能让顾惜在第一时间想起他的名字。

沈千墨。那个被她误会成偷包贼的创世学院No.1新生，此时在她的身边帮她握住了她快要拉不住的绳索。

沈千墨没时间理会顾惜的诧异，直接冲她大吼："你以为你一个人就可以拉得上来她吗？做什么事都不会动脑子想想！"

我、我、我、我——挨了训的顾惜扁扁嘴巴，但是想起第一次见面就不明不白地把他暴打一顿，便因为理亏把所有的不满全咽了下去，所有的注意力再次转移到洞底的林星身上。

沈千墨、顾惜二人合力一点点缩短和林星的距离，这次的努力终于有了进步，在漫长的蹬壁向上之后，终于能见到林星的整个身影，而她只要再努力伸手，就能够到沈千墨和顾惜一同伸来的两只手臂。

就在这时轰隆隆的巨响随着白晓米的尖叫声一同响起。

"顾惜……"

狼狈至极的短发女生向后望去，却连最后看同伴一眼的机会都没有，就被一阵铺天盖地的黑暗所笼罩，她和沈千墨趴着的地方发生了塌陷，两人随着石头土块一起滚落进巨大的地下洞穴里。经过一番带着砂石猛烈碰撞的坠落后，顾惜终于触到了地面。

轰隆隆的巨响很快结束，然后便是彻骨的黑暗和让人恐惧的宁静。

剧烈的疼痛从四肢蔓延到五脏六腑，还没等在这种感觉消失，顾惜就挣扎着推开堆在身上的碎石，捂着胸口艰难站起："林星……沈千墨……"

一阵窸窸窣窣的声音，随之便是手电的光亮照了过来，顾惜条件反射地用手挡住了眼睛。

"我和林星……都在这里。"打开手电筒晃动的沈千墨语气略显微弱。

顾惜眯起眼睛跌跌撞撞地朝光亮走去，帮沈千墨和林星从深埋的泥块里起身，三人互相检查了身体状况，幸好都只是擦伤，确定没有什么大碍，这才松了口气。

可很快，更大的担忧随之而来。

原先洞口的位置，现在完全被塌方下来的石头泥块堵得结结实实，外面的暴雨洪水已经流不进来。沈千墨用手使劲凿凿堵住洞口位置的石块，除了手背发麻之外没有任何改变，这只能说明，若要凭借双手去挖出条通道，就和凿烂一堵铜墙铁壁的难度不相上下。

顾惜用沈千墨的手电查看着周围，发现这个已然封闭了的天然洞穴还不小，在光线扫过的地方，她惊讶发现了一条通往更深处的甬道。

"看来我们别无选择，只能往里面走了。"顾惜指指甬道又回到自己爬起来的地方，双手翻动着石头土块，挖出背包，从里面掏出一只手电扔给了沈千墨。

随着背包的打开，一只银色的金属狗也露了出来，顾惜拍拍狗狗，它便开始摇尾巴乱跳起来。之前收拾营地，顾惜嫌"马铃薯"走得慢，就直接塞到背包里，而这般滚落下来，它竟然还没摔坏，机缘巧合间也真是万幸。沈千墨和林星都无暇顾及这只突然出现的机器狗了，只能把希望寄托在显然装备齐全的顾惜身上了。对于顾惜的去找其他出口的提议，他俩自然是都没有异议。

向下蔓延的甬道黑暗又潮湿，地面墙壁上满是湿滑的青苔，青苔上黏着一层水珠，看来这个隐藏的洞穴在湿润的环境中存在已久，"马铃薯"在前面跑着，全身湿透的三个人借着机器狗和手电发出的微光，在黑暗中磕磕绊绊地摸索着前进。

走在中间的林星突然触到了什么奇怪的东西，痒痒地从她的手背上翻了过去，于是林星便借着光线看向石壁，一只巨大的长腿蜘蛛正趴在她的视线所及处一动不动。

"啊——"林星触电似的收回手臂，从来都没见过的恐怖生物让她整个人的汗毛都竖了起来，一想到刚刚那玩意儿还是贴着她的皮肤划过，林星又起了一身鸡皮疙瘩。

"这里是最适合这样生物生存的地方，不光是蜘蛛，你还会见到其他更吓人的昆虫，别再大惊小怪了。"被林星的叫声吓了一跳的顾惜，在看清她害怕的是什么之后，长舒了一口气，轻轻地拍拍胸脯。

惊魂未定的林星什么都没说，只是惨白着脸顺着顾惜走过的地方前进，再也不敢随便四处乱摸。

一条长长的甬道总算是到了尽头，三个人却一齐发现，那尽头并没有出口，而是一个巨大的地下厅堂，整个空间都被一个巨大的地下湖泊给占据，而他们所站的位置，简单地说不过是个地下湖岸罢了。

顾惜从岩壁的一边走到另一边，再从另一边又走回来，如此反反复复，无论再多么仔细地寻找，也没有发现别的出口，它变成了一个全封闭的空间。包围着他们的是潮湿而又坚硬的石壁。

"啊罗罗罗——"顾惜用双手拢住嘴，朝平静的湖水大声呼喊，得到的只是她孤独的回音。

"啊罗罗罗……啊罗罗罗……"

于是她慢慢蹲下看着湖面，摆弄着手中当作手杖的一根长树枝。

沈千墨蹙眉坐在地上，手撑着额头不知道在想什么，没有任何表情的顾惜蹲在水边，一动不动地盯着手表，又看着手中的树枝。又是一阵死寂的沉默。

林星终于受不了这气氛，强自笑笑安慰大家："已经这么久了，学院现在肯定已经想出了办法来救我们，我们就坐在这里等好了，现在外面的水也流不进来，情况比之前好很多呢……"

"不。"一直蹲在水边的顾惜转过头，在微弱的手电光线下，她表情凝重得吓人。

顾惜向大家伸出她一直攥在手里的树枝，用手掌比划出一段长度："是情况变得更糟糕了。一分钟之内，水位上涨十厘米，从湖面到洞穴顶端目测有近十米距离，不出意外这地下湖泊将会在一个半小时之内淹没这里。"

"也就是说在一个半小时之后，我们都会死在这里。"

无助、绝望的情绪在这一刻蔓延开去。

不过是十来岁的孩子，从未经历过什么大挫折，突然听到死这个字，所有的假装镇定和故作坚强顿时消散，林星此时连哭泣都没有了力气，她捂着脸害怕得快要晕厥过去。

沈千墨抬起头，他的目光在整个洞穴划过一圈，最后落在了顾惜身上，没有惊慌，只是更加深邃理智："湖水既然可以上涨，那么一定在什么地方有水流入，也就是说湖水的另一边会有这个洞穴的第二甚至第三个出口。"

"你什么意思？"

"从湖底游过去，幸运的话找到另一个出口，这是我们目前唯一的出路。只是不知道命运之神会不会眷顾我们。你俩都会游泳吗？"

林星缓缓点头。

顾惜则抚着下巴，对沈千墨的提议想了想，蹲下招手让在远处蹦跳的"马铃薯"过来。卫寻设计的"马铃薯"可不光是宠物狗那么简单，它可以当眼睛可以当耳朵，只要让它先游一遍，查看记录，就可以知道湖另一边的出口到底是个什么状况了。

卫寻那小子还总觉得自己不优秀，其实现在看来，他真是个天才。

顾惜重重地在"马铃薯"的脑袋上亲了一口，带着对未来虔诚地祈祷，将它放到了水里。很快，"马铃薯"就游得没有了踪影。

洞穴里回归到最初的宁静，因为知晓死亡和自己不过一步之遥，黑暗中的时间明显变得格外漫长，这种如同走到了世界尽头的感觉，简直可以把人逼疯。为了打破这压抑得让人透不过气的感觉，顾惜坐到一块岩石上，用木棍敲击着地面，轻轻哼起歌来。

不再是那么寒冷的感觉，不再是那么可怕的空间，洞穴里唯一的少年站起身，悄悄坐到顾惜身边："你居然还有心思唱歌？"

"不然呢，就算要去天堂，也要快快乐乐的啊！"

"……"

似乎过了很久，狗狗重新露出水面。顾惜扔掉木棍赶紧跑过去抱起"马铃薯"，打开它身上自带的视觉记录功能，认真翻动之后，顾惜紧紧把狗狗贴到了面颊上，惊喜地朝沈千墨和林星大叫："有出口！'马铃薯'找到了出口！这里，这里可以看到路线！我们……不会有事的！"

顾惜指了指最后那片白色的亮光，在画面变得清晰的一瞬间，她能看到在狂风暴雨中猛烈摇动的树、草以及阴沉得可怕的天空。

但是现在这可怕，却带给顾惜希望的喜悦。

沈千墨从顾惜手里拿过"马铃薯"，仔细查看着视觉记录，如释重负地舒了口气，但眉头却仍旧没有松开："这是很远的一段距离。你们，都能够坚持住吗？"

"所以从现在开始就不要浪费时间，如果再等水位上涨，就更不知道能不能坚持到出口。"顾惜率先把身上所有累赘的东西全部扔掉，然后做起入水前的深呼吸运动来。

很快沈千墨也加入到做准备活动的队伍中，"马铃薯"的记录画面还在回放，在这短暂的时间里，他们两人必须迅速记住这里面的路线。

"你们疯了吗？"一直没有发表任何意见的林星跳起来，她指着沈千墨和顾惜，觉得两人就是可怕的生物，"那家伙游了那么久才回来，你们也不是不知道这段距离有多远，如果我们游不过去，就会死！我不走，我相信学院一定会派人来救我们的！"

她歇斯底里的尖叫在这个封闭的空间里回荡，就连湖水也被她的声音激起了涟漪。

"你说的没错，游不过去我们会死，但学院无法在一个小时之内救起我们，我们还是会死。"顾惜一只脚伸进水里，她回过头看着林星，"与其寄希望让别人掌控自己的命运，倒不如把它放到自己手里，而我更相信自己。"

劝导的话她不想继续再说，生死命运终究只能被自己所决定，扑通一声，顾惜毫不犹豫地跳进了水里，"马铃薯"看到唯一和主人有联系的顾惜消失掉，也紧随其后下了水。

沈千墨放下伸展着的手臂，从地上捡起最后一只手电扔给了瞠目结舌的林星，身体在空中划出一道完美的弧线，像一只游鱼一样潜入到湖里，很快就不见了踪影。

"你们——"

又怕又急的林星看着同伴一个个离开，在这个带着死亡味道的洞穴里，她感觉她都能触摸得到死神。于是抱了抱越发寒冷的身体，一跺脚也跟着跳了下去。

水里很宁静很祥和，这个水下世界简直完美到了极点，奇形怪状的石头，奇特美丽的浮游生物，顾惜手里的那道光线柔和得让人想哭。此时他们如果不是在逃命，而是在进行一次水下探险，这一定会是一次让许多探险家都羡慕的经历。

　　实际的路程明显要比想象中的更长，顾惜拿着手电飞快地划动双手，朝着记忆里"马铃薯"之前游过的轨迹游动着。这水里的通道有时狭窄到只能贴着胸腹勉强挤过，而在行进过程中，看到不少其他黑暗的分支，只要走错一步，就再也无法返回到正确的道路上，真可以说是步步惊险。

　　后她入水的沈千墨游到她的身边，两人眼神交触的瞬间都露出对对方的信任，然后沈千墨向前游去，凭着他天才的瞬间记忆力成为最终的带路者。

　　这段漫长的距离让顾惜的体能也在慢慢接近极限，其实在下水前她算过长度，凭她以往的能力是可以顺利抵达另一边出口的，只是之前在洞穴口帮助林星消耗的体力过多，现在竟有些力不从心的困顿感。

　　感觉到有光浅浅的照耀到水里，越靠近就越发透亮的颜色像是希望的火焰，点亮了顾惜的眼睛。极力忍住最后一丝气息，顾惜回头向身后的林星招手，准备用尽最后的气力向光明游动，却发现落在最后的林星有些不对劲。

　　从这里到出口水面只有几米的距离。

　　最后一刻跟随着她跳下来的林星，选择相信她，相信自己的同伴，现在怎么可以放弃？

　　顾惜调转方向，往回游动，迅速拽起林星的手，拖着两个人的阻力，用尽所有力气的向前，但每划动一下，整个肺腔就感到憋闷得快要爆炸，自己的气息明显微弱下去，直到炫目的白色冲入眼帘，顾惜把手里牵着的女生推上岸时，才终于疲惫地闭上了眼睛。

　　她知道自己在向水下沉去，但她实在是太累太累了，她真的好想睡，真的好喜欢这种被温柔包裹住的感觉……

顾惜的梦里变成了海样的蔚蓝色，她看得到周围五彩斑斓的游鱼，还有朝她微笑招手的爷爷。

"爷爷——"

顾惜向前伸出手，然后真的触到了温暖有力的掌心。

"顾惜！顾惜……"

是谁在喊她？

"顾惜……"

在一遍遍听到唤她名字的声音之后，顾惜终于分清这是白晓米的声音。顾惜努力睁开眼睛，她的周围聚拢了许多穿着白大褂的人，白晓米和卫寻也坐在旁边忧心忡忡地看着她。

看到顾惜醒来，站在床尾的Miss Morry便提着裙子如释重负地走了出去，医生和护士们开始跑进跑出，为再次检查顾惜的身体状况做准备。

"这是医院吗？一切都结束了？"顾惜揉揉沉甸甸的，还在隐隐作痛的头，试图从床上坐起来，"他们都还好吗？"

白晓米一把将顾惜又给按回了床上，语气严厉："你这次真是快要死了，还管别人干吗，那两个家伙都好好的在自己班宿舍呢！"

听到林星和沈千墨没事，顾惜也安心下来，然后乖乖配合一连串令人厌烦的身体检查。

检查结果出来，除了短暂的缺氧导致昏迷外，顾惜身体其他方面倒没什么大碍，只是听说一出院就要开始上课，顾惜还是决定在校医院里装死几日。至于野外行军的学分，因为重大自然灾害突发，没有一个班级完成行军任务，便没有任何人拿到学分，这也是创世建校这么多年以来，第一次出现所有人都拿不到学分的状况。

正在顾惜盘算着好日子还能过多久的时候，Miss Morry通知顾惜，贝校长要见她。

来校的时候，老爸老妈就叮嘱她说，不管发生什么都不要去麻烦贝叔叔，必须像个普通学生一样，不能要求特权。所以入学这么久，她怎么想去见见他，都还是忍了下来。但这次可是贝叔叔想见她了呢！

得到这个消息，顾惜麻溜儿地从病床上爬起来，那敏捷的程度，看上去简直比健康的人还要健康。

校长办公室在行政楼的顶楼。顾惜像是回到自己家一样，随手推门走了进去。沙发前茶几上，茉莉香茶早就为她准备好，正袅袅地散发着香气，顾惜落了座，看了看已经陌生的房间觉得有些感慨。

楼体外面是银黑色的现代简约设计，办公室里面却像是个中世纪贵族的书房，壁炉烛台，以及靠近飘着白纱的落地窗很有特色，原来墙上挂着的莫奈的画作、麋鹿的犄角，还有学院创始人的照片，现在都拿掉了，房间里的各种家具地毯，也全部换成了其他样式。

就在顾惜打量四周的时候，带着金丝眼镜的中年男子捧着糖果盘走了进来，把它放在顾惜面前："顾惜，椰汁巧克力太妃糖，我还记得每次去你家做客，你都会缠着我让我偷买给你。"

小时候喜欢吃糖总是被禁，于是和她关系要好的贝叔叔就变成了"糖果偷渡商"，那么久远的事情，没想到他居然还记得。

"谢谢贝叔叔。"虽然现在她早就对糖果没有了兴趣，但顾惜还是开心地笑起来。

"你来学院这么长时间，我不但没有时间照顾你，还在开学典礼的时候当众批评你，希望你能理解贝叔叔。你爷爷正直了一辈子，想必也不会同意我包庇他最喜欢的孙女。"

"没关系，爷爷和我都不介意。"

男人欣慰又愧疚："理解就好。我这次找你来就是想谈谈这次野外行军的事。你在第三天的暴雨中，不顾自己的生命，冒险救出了一个同学的事。的确，你这么做是为了救人，但你想想这种不经过思考的冲动行为，是不是可能会带来更多的伤亡，和更加无法挽回的后果？不服从命令不听从老师指挥的你，实际已经对学院纪律造成了极其恶劣的影响，这次单独找你来，就是希望你能原谅我……我必须得再对你进行一次全校通报批评。"

在明白了贝叔叔找她来的目的后，顾惜手里的茶杯差点掉到地板上，再一次全校通报？开学连一个星期都没有，她竟然就被通报了两次？

救人性命难道不比服从命令更重要些吗？

"顾惜你要知道，如果不是幸运女神的眷顾，你鲁莽的行为很有可能会导致你和在水里拉着绳子的白晓米、卫寻，甚至还有去救你的沈千墨失去生命。听说被埋在洞里的你们三人是从水底潜游出来的？太危险了，要不是沈千墨再次下水救你出来，你现在根本就不可能坐在这里。这个通报不是批评，而是要告诉学院里的所有学生，面对危险时要能理智选择最优行动。"

原来是那个姓沈的救了她……不过，这都不是她现在关注的重点，而是这第二次通报，看来是必须接受不可。

顾惜不再想辩解，反正说什么都没有用，而贝叔叔说的也的确是事实，从她决定独自营救林星的时候开始，她往前走的每一步，几乎都是和死神擦肩而过。确实也连累了几个其他同学一起涉险。

可是所谓的最优，就是为了绝对保全自己，而放弃还有希望能拯救的同伴吗？

在顾惜用沉默表示接受这个决定之后，贝校长又亲切地询问了一番顾惜家里的近况，然后从柜子里拖出一只行李箱交给她，那正是顾惜在机场丢失掉的行李箱。

　　"这是机场那边送来的失物，因为里面正好有你的证件，所以送到学校来了。你这么大了，出门竟然冒冒失失地连自己的行李也会丢，开学不穿校服也是这个原因吧。"

　　顾惜抱着行李箱狠狠点头，打开后翻看，一样东西也没有少，包括那件对她很重要的东西，顾惜觉得这也算是这段时间里唯一值得高兴的事了。

　　可是，对于来到创世就变成倒霉蛋的顾惜来说，幸运和不幸总是成正比存在的。

见过贝校长之后，顾惜再也没心思偷懒逃课，直接办了出院手续，开始正常的校园生活。

那份提前告知的全校通报，在顾惜回到十三班的当天，就被火速贴到了通告栏，Miss Morry很淡定地告诉顾惜，创世学院还没有哪一个学生能在短短几天时间里就得到两次全校通报，顾惜算是创造了学校的一项黑历史，而校规规定，学生得到三次全校性的批评通报就要退学。

顾惜三人在野外行军里没有逃跑，并且在危急时刻救人成功的事迹，虽然让整个一年级新生都刮目相看，但最终还是以悲剧终结了。

相较于白晓米的不服气和卫寻的沉闷，顾惜反应积极。她早早起床，满怀干劲地拖着迷糊糊刚睡醒的两人去教室，开启上课生涯。一路上她显得释然得多："又不是现在就退学，只要以后不犯错误就没事。再说我们也不是没有收获的。"

"顾惜啊！你有没有搞清楚状况，你是救了人诶！学校不奖励你也就罢了，还要给你处分！那沈千墨怎么就没有通报？"走到教学楼，正好就看见那贴在楼外告示栏的显眼的白色通报，白晓米越发生气地嘟起脸哼哼。

"枪打出头鸟，一个就够了。贝校长其实也不想那样对我，不然怎么会单独找我谈？"顾惜踏进十三班位于顶楼的教室，终于来到自己的地盘，她自在地伸了个懒腰。

过了一会儿唐宿也独自来到了教室，他将书包随意扔到旁边的课桌上，两脚翘起，从口袋里拿出游戏机，旁若无人地打起游戏来。顾惜看了他一眼，面无表情地转移视线，继续和白晓米聊天，一直到上课。

对谁都热心肠的顾惜，不再像以前那样关心和在意唐宿，自他放弃一起去洛河峡谷的时候，顾惜就仅仅把他当作共用一个学习空间的同学，而不是心手相连的同伴。

第一次在教室接受课本教育对顾惜来说很新鲜，不过几节课下来，真的是腰酸背痛坐不住，而她也观察到十三班的几个同学各有各的习惯。

白晓米上每门课，都像是要进行一场高能战斗，记笔记还不够，还要拿DV将所有课程都记录下来，貌似从来就没有感到疲倦的时候。卫寻也很"努力"地学习，有些课程他是一窍不通，还要拼命尝试，比如化学实验课，差点儿炸掉实验室的事都发生好几次了。唐宿的状态很简单，用四个字形容就是：神游天外。

但这些表现，老师们似乎都视而不见，谁听不听课，谁犯不犯错似乎和他们毫无关系。卫寻一遍遍炸实验室根本没人管，顾惜连课本上的知识点都还没找到，老师们就已经讲到下一章节去了。

这并不是偶然。时间过得越久，顾惜就越发现老师对待他们和对其他班级的学生不一样。

不关注、不重视，这是老师们对待他们的常态。任何事情，他们总是排在最后一位，老师上课迟到的理由就是，"抱歉，我在其他班上课讲多了点儿，忘记了时间"；早退的理由是，"过几天谁谁谁要去校外考试，现在正是抓紧补习的时候，反正你们也不参加，所以不着急"……

因为其他人看上去比他们更有希望，所以老师们有限的时间，都会尽量为其他学生安排利用起来，似乎老师们多给十三班花一分钟都是一种浪费。

冷冷的卫寻并不太在意老师们的不重视，他一直拥有自己的小世界，没有老师管，就自己玩自己的，心情不好的时候专心捣鼓自己的机器生物就行。能学会用冷漠对待这个世界的冷漠，其实也不是件坏事。

敏感的白晓米却不一样。顾惜看到白晓米偷偷将竞赛书籍放进箱子里，偷偷将厚厚的一本本打着许多问号的笔记，放在书橱的深处，没有老师的推荐，这些考试她是没办法参加的。虽然表面她还是阳光爱笑的粗心少女，但其实在没有人的时候，她应该是很难过的吧。

如果说顾惜来创世是因为爷爷的遗愿，卫寻是为了见到哥哥，那么白氏商业帝国的继承人来到创世的目的，恐怕不仅仅是为了让自身镀上这所名校的光环，可能更多的是不想要输给任何人的决心吧。

整个学院都没有人愿意给他们、给十三班机会。

还有很多对普通班级都开放的课程和场地，明里没说，但实际上对十三班是禁止的。像晚上的船模制造培训课，卫寻这种制造机器宠物的高手，想要去学习，都被老师以前期的培训课程他没有参加，被排挤在外；而坐落在湖边高塔上的天文台，对白晓米是颇具诱惑力的，一直对星星充满好奇的白晓米申请了好几次，想用天文望远镜观察星星，但每次都会被台长驳回，理由就是——怕操作不当造成仪器损坏。

都是些狗屁的理由。

自野外行军至今，已经快过去一个月了，十三班过得处处不顺。

和默默承受这一切的前辈们不一样，每天顾惜都会想出些新点子来改变现状。

没有社团愿意接受他们，顾惜就自己申请了一个"建造家"的社团，领着白晓米、卫寻还有"马铃薯"，将木屋宿舍翻修一新，把房前屋后的杂草拔除一空，种了三个人爱吃的蔬果。

没有老师重视他们，自己可以当自己的老师啊，只要愿意，卫寻可以教大家数学、物理，白晓米可以教大家语文、历史，顾惜嘛——她这个不爱学习的家伙就算了吧。

在生活给了所有人绝境的时候，找到生存的道路是顾惜的本能。白晓米和卫寻都渐渐接受了这种和大多数创世学生不一样的生活，虽然有时候顾惜真像个自娱自乐的疯子。

一个月如飞逝去，十三班不仅没有如Miss Morry预言的那样破碎掉，反而过得越来越开心。

唯有唐宿让人感到不安，也仅仅在这点上，才让Miss Morry多少有点儿成就感吧。

一种低迷的情绪在唐宿身上愈发浓烈，就算是像开学时那样时刻用游戏麻痹自己，唐宿还是变得越发颓废。他不参与顾惜几人的活动，不和任何人说话，对任何的不公正也都不会再激动，只用每天的熬夜来糟蹋自己健康的身体，把自己当成学院里的一具行尸走肉，听天由命地接受所有安排。

如果不是又一场大雨的突袭，大概顾惜几人这样的生活还要持续很久。

夏末，一场倾盆大雨毫无征兆地翩然而至。

雨刚来的时候，十三班正是室内篮球课的时间，同样也是室内篮球课的还有特优一班，两个班级分别各占了一半的体育馆，创世拥有国内最大的学校室内篮球场，就算十几个球队同时进行比赛，都不成问题。

那边半场上，男生女生们还在被体育老师揪着热火朝天地进行准备活动，这边顾惜他们的体育老师示范了几个动作，就不知道跑到哪里去了。于是对篮球毫无兴趣的卫寻盘腿坐在地板上看起了电脑，唐宿躲在观众席歪斜着身子，闭着眼睛睡觉，白晓米则在顾惜的指导下练习投篮。

自室内篮球开课以来，分配给十三班的半个体育馆就一直只有两个女生使用，特优一班已经见怪不怪了。大家还都知道，在一般情况下，都是短发的那个女生在满场跑。

"晓米！你现在是不是特想眼睛长在脑袋后面啊？每次投球前都要回头看沈千墨，怎么可能投得进啊！"一直在奔跑捡球的顾惜，气喘吁吁地叉着腰，然后再次看着白晓米手里的球以绝对无法进筐的弧度砸到篮球架的柱子上。

"顾惜，你小声点儿！"白晓米被戳中小心思，又生气又脸红。

每次投篮连篮筐的边都挨不上，好吧，顾惜不再继续吐槽，好歹白晓米这次还碰到了篮架。

就在两个女生跑来跑去的时候，空荡荡只有十来号人的体育馆突然涌进来不少同学。被雨淋得湿淋淋的运动服，贴在额头上的头发，进来的同学都很狼狈。几个男生手里的足球表明，他们班这节课应该是足球课，只可惜倒霉，遇上了大雨。

以为别班就是进体育馆避雨来的，顾惜让白晓米向旁边的场地挪挪，反正分给十三班的那一半体育馆也不止这一个球场，她不想和他们有任何交集。

因为人多起来，害羞的运动细胞不发达少女觉得自己笨拙的表现太过丢人，便将手里的球交给了顾惜，自己退在一边当起观众。

接过篮球的顾惜一副你没救了的表情，然后随意地将篮球在地板上拍了几下，都还没来得及起跑，一直消失不见的体育老师突然出现了。

几节课下来，老师也看出顾惜这个女生是十三班的主心骨，于是径直朝正拍着篮球的女生走来："嗨，顾惜，今天五班的李老师和我商量了一下，想两个班交换下场地。所以，我们班今天的篮球课改成足球课。"

顾惜捉住弹起来的篮球，诧异地回头看向自己的老师，见他正向自己和白晓米匆匆招手，示意她们赶紧从那半个球场撤离，这样的举动和决定让顾惜觉得有些不可思议："现在外面正在下大雨啊，您是让我们……去足球场上足球课？"

"对。你们几个可以先尝试下怎么运球。不是四个人吗，两个两个传……"老师高声地讲述着一会儿他们要进行的课的内容，那一本正经的模样，好像完全不知道外面正下着瓢泼大雨。

"今天本来按计划我们是篮球课，如果五班因为下雨的缘故无法在足球场上课，我们不介意和他们分享这半边体育馆一起上篮球课，反正十三班人很少，占这么大篮球场确实很浪费，就分给我和白晓米这一个就好了。"顾惜指着自己所在的半个球场停了停，继续说："如果说因为我们是差生聚集的十三班，就必须要为别人腾位置，到外面去淋着大雨上足球课，那就是否有点儿过分了？"

因为两人是隔空喊话，刚才还热热闹闹在顾惜这半边体育馆说话的五班学生，还有在另一边做准备活动的特优一班，都已经将所有注意力都投在了他们身上。随着顾惜不肯退让的态度越发明显，不少人表现出对这个学院聘请的男老师的鄙视感，他简直弱爆了，连个小女生都搞不定。

议论声慢慢增大，不知所措的白晓米挪到顾惜身后，将脸藏起来，她觉得好像躲在顾惜身后，就能得到安全感。

面子上已经挂不住的男老师生气地大吼："你们是不听老师的话了吗？让你们换到足球场，就换到足球场去！我实话告诉你们，大家能容忍你们到这个时候已经不错了！十三班的学生迟早会退学，我们都心知肚明，而且连这学期都过不完！既然没有人能在十三班度过一个学期……"

有些事虽然早已明白，但清清楚楚地当那么多人面说出口，还是一种伤害。更可怕的是，没有人站在十三班一边，他们脸上和男老师同样冷漠的表情，也表现出了他们内心的真实想法。

语言和冷漠，何尝不是一种暴力。

趴在顾惜背上的白晓米吸吸鼻子，然后她感到自己的脑袋被狠狠揉了揉。

"谁说我们会退学！我就在这里告诉您一个事实，我们不仅要度过这个学期，而且一定会从创世学院顺利毕业！"

顾惜拖着白晓米的手，来到场外的卫寻身侧，拉起早已合上笔记本，沉默起身的卫寻，他也将五指和顾惜扣在了一起。这么多天以来的不被重视、不被相信，其实有些话早就在顾惜的舌尖上，只是迟迟没有说出口而已。

篮球场赶人事件，成为顾惜爆发的导火线。

三个人，手牵着手，紧紧连成了一个整体。

"差生并不低人一等，我们不是别人的王，但别人也成不了我们的王，这是十三班的第二条守则哦！"顾惜摇动着手心里真实的触感，看了看身边的两人，然后轻声微笑，"哪怕是不被任何人看好的差生，自己的命运也要由自己掌控，我们一定能从创世毕业！"

虽然顾惜的声音不大，那般轻柔得如同耳语，但里面的笃定却强过任何誓言。

卫寻看了眼身边小小的，却没有丝毫畏惧的顾惜，向前走了一步，然后坚定点头，第一次没有那么惜字如金："顾惜说的没错，我绝对不会退学。"

"我也是。"白晓米紧随其后。

唯独那个被嘈杂声吵醒的唐宿，还是歪歪斜斜地坐在原地，低垂着头没有任何反应。

"你们造反了！竟然敢顶撞老师！"

男人似乎没有料到他的几句话，会引起这么大的反应，整张脸被呛得通红，正要怒气冲冲地扬巴掌教训这几个不听话的学生，就被五班几个男生捉住了衣袖。

"别生气了老师。换场地的事儿本来就是商量着来的，有脾气有意见也正常，交给我们自己处理好了。"其中一个红衣少年将手里的足球抛到地上，迈步向十三班走去，脸上笑嘻嘻的，但眸子里的神情却冷冷的，丝毫没有笑意。

此时寂静的球场上，只有红衣少年球鞋摩擦地板的吱吱声。

比唐宿还要高大健壮的身材，逐渐向顾惜逼近。随着他的迫近，压迫感愈来愈强烈。顾惜有了一点点焦躁，她不知道他想干什么。

"我刚刚看了你旁边这位女生的表现，无论是投球的力度还是姿势，都需要长期练习。而你们班这两个男生，"少年若有所思地指了指卫寻和唐宿，"看上去对篮球课一点儿兴趣都没有。能有效运用这个场地的人，恐怕也就只有你了吧？"

少年最后将手指的方向定在了顾惜面前。

"但我们五班，四十来号人却可以完全将这所有场地都利用起来，按照谁的社会资源利用率越高就偏向谁来利用的法则，我觉得还是我们班来用这半个体育场比较适合。"

强盗逻辑。

明明此时此刻这就是十三班的课程和场地，为什么要讨论谁用更适合？就算白晓米练很久也收效甚微，那么就可以因此而不给她练习的机会吗？

顾惜还未说话，红衣少年又继续说下去："不要拿什么按道理按规定来辩驳我，在创世，是按实力说话。优胜劣汰，强大才是硬道理。也不欺负你们人少，就一对一，如果你们谁能在五分钟内从我手里抢到球，并灌篮成功，我们五班就心服口服地退出这里。"

红衣少年似乎是班级里的领导人物，他的这个提议说出来，没有人反对他自作主张，反而有一种热切欣赏的快意。

"肖瞳，你也太欺负人了吧？"

"就是啊，别五分钟了，十分钟也行啊！"

围在他身后的几个男生嘻嘻哈哈地笑起来。

顾惜躬身把球向地板上弹了弹，她能看出这个叫做肖瞳的男生不好对付，那明亮而狡黠的眼睛、流线型的肌肉，和草原上的猎豹如此相似，他知道猎物即将出现，已经绷起所有力量蓄势待发。

说实话，这个提议顾惜完全可以不答应。但拒绝就是承认自己在害怕，在怯懦，从此以后只能背着胆小鬼的标签受人耻笑；可答应，唯一能动动篮球的顾惜，对于这项运动其实也不过是只知道点皮毛，她和肖瞳就是羚羊和猎豹的差距，最后结局只能是死路一条。

既然哪种选择都是输，倒不如输得轰轰烈烈，顾惜什么话都没说，她将篮球抛向肖瞳，脱了运动服，只剩下短袖T恤，深吸口气，便随着肖瞳向其中一个球场走去。所有围观者随着两个人的走入，在球场外四散开来，白晓米拉着卫寻挤到人群中，紧张地看着球场中心的短发女生。

肖瞳拿着篮球在球场上随意自在地拍着，他弯腰屈腿，盯着一步步走来的顾惜，将篮球在双脚和双手间华丽地运转，眼神里的挑衅毫无保留。

顾惜冲上前去。

肖瞳转身，仅用单手就拦住顾惜，而另外那只手的动作并未停下。

顾惜又换了一面突破，肖瞳带球移开突破、移开、再突破、再移开——肖瞳铜墙铁壁般的阻截，控制场面游刃有余，他甚至时不时恶意地用手肘碰撞顾惜，顾惜三番两次被撞倒在地，每一次重重碰地的声音，都让白晓米不由自主地闭上眼睛。

五分钟，本来应该是很短的时间，此刻却变得漫长起来。

在两人的争夺中，顾惜没有一次碰到球，撞倒爬起，再撞倒再爬起，在篮球场跑来跑去，被肖瞳耍得团团转，任谁见了都觉得可笑。

"还有两分钟。"

"还继续吗？"肖瞳居高临下，看着再次被自己撞到的顾惜。

"继续！"汗水从顾惜的脸上滴落，她从地板上摇摇晃晃地站起来，身体向前倾，保持着随时进攻的姿势，但每次都是失败。

肖瞳的表情则是一如既往的轻松和挑衅。他转身、跳跃、甚至当着顾惜的面将篮球在指尖旋转，好像他是这个球场的霸主。

与其说重重跌倒的疼痛让人难过，倒不如说这种被人玩弄在股掌之间的感觉更让人痛苦。

"顾惜……"白晓米擦擦眼睛，虽然她无数次想开口劝顾惜放弃，但这话怎么都感觉是对努力到现在的女生的一种侮辱。

明知道自己会输，都还要坚持拼下去，她白晓米有什么资格不站在顾惜的那一边呢？

一个大大的阴影从白晓米的头顶上遮盖过来，并在不断前移。随着影子的移动，她看到它的主人拨开球场外围着的人，向球场中间走来。

是唐宿。

从头到尾都装作看不见、听不到的唐宿，此时站起来，到底有没有搞清楚现在是什么状况？白晓米着急地伸手想将大男生扯回身侧，却没想到慢步向前的唐宿突然说话了：

"顾惜，你下来吧。我来玩玩。"

突如其来的变故，让正努力跃起的顾惜停了下来，她看了眼已经走到自己身边的大块头男生——很久都未打理过的乱发，歪歪斜斜的走路姿势，浑身散发着一股颓废的气息。

糟糕的模样一如既往，可此刻的唐宿看起来，却有一种无人能及的高傲。

他轻轻把顾惜推开。

"如果需要一个女孩子在球场上来捍卫我的尊严，那我过去的十几年都白活了。"

原本歪歪斜斜站立的唐宿，突然腾空跳起，在空中虚晃一下，便猛地扑向肖瞳，一连串熟练的动作，又快又狠，这从身体里迸发出的本能，刹那间便激起围观人的轻呼。

而此后的进攻动作，更是简直精确到毫无破绽，刚才还优哉游哉的肖瞳瞬间慌了神。

这、这、这……简直太疯狂了吧！喘着粗气的顾惜惊讶得赶紧退到了白晓米和卫寻身边。白晓米看得连眼珠子都快要瞪出来了。

倒是卫寻一点儿都不觉得奇怪。在两个女生看着突然间逆转的局势，还搞不明白怎么回事时，卫寻面无波澜地娓娓道来。

"你们已经知道了我是创世的机器人特招生，但还不知道其实唐宿是创世的篮球特招生吧。当年，唐宿是苏山市的篮球新人王，而这个新人王不光是篮球打得好，头脑也是一等一的聪明，在创世的入学考试时，仅仅以三分之差落在了特优一班的十个名额之外。"

不仅篮球超棒，头脑还聪明，又是一颗重磅炸弹！

可要是这样，那他怎么会落到他们这个不存在的班级里呢？

"刚录取进创世，还没有入学前，他因为将人打成重伤被抓进少管所关了十天，篮球协会也因为他的暴力行为将他终身禁赛。"卫寻摇了摇头，"一个无法比赛的运动员，一个有污点和暴力史的学生，创世其实想将他退掉，但考虑再三，还是选择让他入学，只是作为一个弃子落在了十三班。"

原来如此。这是多么大的落差。

明明前途光明，已经拥有了整个世界，却在一瞬间跌落到了谷底。

明明可以伸手相助，让他重新变回阳光少年的创世，却还要在他最没落、最需要救赎的时候放弃他，推开他。

所以，唐宿才会一日日越发自暴自弃吧。

一个漂亮的弧线从视线里划过，顾惜的瞳孔里映出慢慢变大的篮球，于篮筐处晃了两圈，从网兜中落下。

场上高大强壮的男生，双手还保持着高举向上的姿势。

最后一分钟，他成为了整场的英雄。

开心，不，应该是一种叫做感动的情绪，在顾惜心中慢慢扩散，她仿佛看到这个曾经从金字塔顶端跌下的少年又顽强地站了起来。

"唐宿！"白晓米尖叫着冲他跑去。

顾惜摸着自己磕得青紫的膝盖，叹中带笑。这点儿小伤唤醒一个沉睡的巨人，还是值得的。

"所以，这半个体育馆是我们十三班的了！"白晓米举着唐宿的手臂跳到正中央，她像是得到了糖果的小朋友，得意地炫耀她的奖励。

在最后一分钟被打击得体无完肤的肖瞳，呆愣几秒，看着那枚从篮筐内掉落的篮球慢慢越滚越远，什么都没有说，低头向门口走去。

馆外仍旧大雨倾盆，五班人没有了之前嘻哈嘲笑的态度，在肖瞳离开后，一个接一个冒着大雨纷纷离开这个让他们颜面尽失的地方。

所有局外人都已经离开，顾惜走到又变回颓废少年的唐宿面前，她礼貌地伸出的手掌，在空中毫无预警地突然攥成拳头，然后跳起，猛地一下砸到唐宿的脑袋上："臭小子，明明这么厉害，还让我丢了那么久的人！"

落地后的顾惜不再打击唐宿，她背着双手轻哼："不过就算这样，还是好高兴你能成为我们的同伴。"

唐宿摸着脑袋喊痛，他看着歪头微笑的顾惜、蹦蹦跳跳的白晓米、神色莫测的卫寻，一歪头辩解："我只是觉得你这么不服输太蠢了，是看不下去才出手……"

又是一拳头砸脑袋上。这次是卫寻。

"走啦，既然是篮球王子，那就该你教白晓米这白痴打篮球。还有，咱们把体育老师给开除了怎么样？"卫寻举起手。

四个人，四张赞成票。唐宿也不自觉地举了手。

呃，好吧……他承认他有些想融入这个奇怪的集体了。

风波过后的室内篮球课过得很快，唐宿这个篮球新人王，技术不是盖的，顾惜和卫寻三步灌篮已经有模有样，只有白晓米练来练去还是烂到家的水平，果然运动白痴无药可救。

暴雨已停，雨后空气的清新，连体育馆内都能感受得到。四个人开开心心地收拾东西准备下课，已经下课的特优一班正从他们身边走过。

"小心点儿，你们以后会有麻烦的。"走在所有人后面的沈千墨从顾惜身边经过时，抛下了这句话。

蹲在地上收拾背包的顾惜转头，看着已经走远的沈千墨的背影，皱眉。

这话是什么意思，他们会有怎么样的麻烦呢？

十三班在篮球课上狠狠羞辱五班的事，并未扩大，五班大概嫌丢人没有告诉任何人，特优一班又超脱于众人之上，不屑于去八卦这些破事儿，倒是Miss Morry从两个体育老师那听说了事情的经过，让顾惜等四人每人交了一万字检讨，原因是要他们为不尊重老师、不友爱同学道歉。这种"技术活"自然由卫寻来帮大家搞定。

后来顾惜偶尔在校园里再见到五班人时，他们都会不声不响地把目光转向他处，那日嚣张的气焰早已不复存在。除此之外，一切都还算风平浪静。

唐宿在篮球课上的挺身而出，让他在那天之后自然而然加入了顾惜三人的生活圈，但他很快就后悔了。

"超级无敌管家婆"顾惜，趁他洗澡的空当，撬开了他的宿舍，把所有游戏机，还有游戏光盘全部扫荡一空。本以为好歹还有电脑留下来，结果卫寻这混蛋也横插一脚，偷偷在给他留下的电脑里装了个自己编程的软件，那破玩意儿像个病毒一样，格式化都删除不了，每天开机只能进入做作业模式。

他不光游戏被禁，还被强迫着参与了顾惜的"建造家"社团，尤其最近白晓米爱上了种地，身体强壮又有劲儿的唐宿自然是她最大的游说目标，唐宿是想尽一切办法都摆脱不了白晓米这个牛皮糖，于是他每天放学，就只好老老实实地浇水、扒地、浇水、扒地……

唐宿分分钟都想把这三个人给灭了。

"唐宿，我看你最近脸色一直很差劲。身体不好吧，得多吃点儿肉。"坐在餐厅大快朵颐的顾惜，从自己的盘子里夹了一大根牛骨放到唐宿的碗里。

不是身体不好，而是心情不好，唐宿用筷子戳戳那块爱心牛骨，眼睛斜了过去："当心我把你人道主义毁灭啊混蛋，请不要把你啃过的骨头扔到我这来好吗？"

顾惜哈哈哈地笑。现在唐宿整天的口头禅，就是人道主义毁灭，可是说了一百遍也没什么行动，这个看上去凶巴巴的少年，其实骨子里还是很好欺负的嘛！

这几天来，她胃口不错，顾惜叉起最后一块面包塞到嘴里，端起盘子起身，准备再补充点儿食物时，却不小心撞到了人。

身后有滚烫的汤水直接泼到顾惜身上，餐盘里蘸着酱料的鸡块、切好的水果，全部飞到了空中，好在一直看着顾惜的唐宿反应够快，他飞一般地从座位上站起，拉着顾惜跳开半步，不然顾惜"死"得就更惨了。

一切危险尘埃落定，唐宿舒了口气放开顾惜，顾惜没有顾及自己身上被烫到的刺痛，回身看看身后那人有没有事。大概那个女孩子端着的食物都向前泼洒了，她自己身上只有星星点点的汤汁。

好漂亮的女生，幸好没有伤到她。顾惜的思维一向都比正常人奇怪。

顾惜赶紧从口袋里掏出纸巾，帮忙擦起她身上沾到的东西："抱歉抱歉，我刚才没注意到后面有人。"

"你没注意？我看你是故意的吧。"女生厌恶地甩甩手上溅到的汁水，凌厉的目光再次射向顾惜："别以为洛河峡谷，还有体育馆的事你就了不起了，顾惜，你是不是太过得意忘形了！"

女生的齐腰直发在她转身的瞬间，甩出靓丽的圆弧，脚上光亮的小皮鞋哒哒蹬地，她一脚踢开地上挡路的碗盘，根本没给顾惜反应的时间，就立马走人。而站在那个女生身后的几个拿着盘子的女孩儿，也附和地瞪了顾惜两眼，随后跟上前方疾走的身影。

这都是些什么和什么啊，她不就是不小心撞到了人吗？

顾惜尴尬地收回还拿着纸巾的手，这才感觉到腿上火辣辣的疼痛："最近是踩到了衰神吗，真是要命。"

坐在顾惜对面，把一切过程尽收眼底的卫寻摸摸下颚，又认真回忆了一遍整个事情，突然出声："其实刚刚是那个人撞到你，不是你撞到她。"

顾惜捂着腿，龇牙咧嘴地跳着："你想多了吧，那么漂亮的女孩子干吗要把东西撞到自己身上去？"

卫寻不再多说什么，他刚刚注意到了那个女生胸前别着的名字牌：郑希怡，一年一班。

原来她就是传说中，入学成绩仅次于沈千墨的天才少女。

因为想要和哥哥一样进入特优班，拥有送去国外培养的机会，所以所有特优班的学生，卫寻在入学之后都进行过一番调查，这个叫做郑希怡的女生，智慧与勤奋并存，万事追求完美，极为强大的气场让她一入学，就加入了创世学院学生会，并成为整个一年级学生的女皇般的存在。

但是刚入学时，洛河峡谷的行军就使顾惜在很长一段时间内成为了话题女王；紧接着在体育馆那次篮球比赛，又意外挫败了一个班级的锐气，使得顾惜的名气又大大提升。

这自认为掌控一切的女皇和人气直逼其上的差生女主……唉，所以说，这种挑衅可能仅仅只是个开头而已，沈千墨说的没错，太过锋芒毕露只能招来麻烦。

卫寻望了一眼远去的郑希怡的背影，若有所思。

第五章

失踪的
名字

郑希怡的无故挑衅让卫寻有些担忧，不过后来卫寻才发现，与其担心别人来找茬，倒不如担心下顾惜这个真正的学渣该怎么顺利通过每一次创世学院的考核更来得靠谱。

很快，创世第一次重要的全校性考核——期中考试就快到来了。

这对于顾惜来说，简直是无法逃避的一道难关。

除了体育课，其他无论什么课顾惜都觉得像是新大陆，刚开始还图新鲜听听讲，后面直接开启困觉模式，老师偶尔来的课堂时常犯困，没人来上的自习课更是呼呼大睡。顾惜的确是一直在努力改变自己，但她真的办不到哦。

让一个十几年都撒着丫子满世界乱跑的少女，突然安静下来看课本，这怎么可能？

而从几次作业情况看来，白晓米和卫寻都发现，顾惜的所有文化课都糟糕透了。

她是四肢发达的无脑星人吗？

"啊啊啊啊——你都别等第三次通报了，期中期末两次全校性的大型考试，两门以上课程挂科，你就可以直接打包回家了！"实在忍无可忍的白晓米在周末揪住顾惜，进行了几次小测验，当看到她几门功课分数都只有个位数之后，白晓米抱着脑袋快要崩溃了。

顾惜不停地打着哈欠。为了好好学习，连续几天放弃休息娱乐时间坐在教室里，她觉得整个人都要发霉了，而那些可怕的数理化符号、莫名其妙的阅读理解问答题，简直要逼疯她："我真的对上课没有兴趣。"

"顾惜，你到底想不想留在创世？"

"想……"

"那你要不要努力？"

"要……"

"所以，从现在开始，你一切都得听我的，除了吃饭、上课和晚上睡觉，其他时间都给我待在图书馆！"白晓米一手叉腰，一手提溜起顾惜的衣领就向门外走去。

好不容易熬到周末，顾惜还想大睡一场补补觉，这情况怎么就突然发生了翻天覆地的变化？她就是不爱学习，这到底是造了什么孽啊？

唐宿本来就是仅次于特优一班的天才也就算了，跟他比不了，顾惜挥舞着双手指了指坐在窗台上逗猫的少年，卫寻那家伙可不比她好上多少，每天貌合神离的在课堂上发呆，长了一副高深莫测的模样，其实是个连世界有几大洲几大洋都搞不清楚的无常识笨蛋。

"卫寻很多科目比我还差，你为什么不管他？这不公平！"

"因为我是凭机器人天赋特招进创世，每年交份有价值的研究发展报告就可以。因为考试挂科而退学这种事，是不会发生在我的身上的。"卫寻抱着猫咪从窗台上跳下来，最近他的"马铃薯"出了点机械故障，这只猫咪就成了新宠。

卫寻没有丝毫同情心地从两位打拉锯战的女生身边走过，而那只长着囧字脸的长毛猫居然用爪子扒着眼皮做了个鬼脸。

这……是赤裸裸的鄙视吗？卫寻这家伙是从哪里捡来这讨厌宠物！

顾惜在心里为卫寻手里的囧脸猫画了个大叉叉，然后便老老实实被白晓米绑架到图书馆，开始了漫长的学渣变学霸的生活。

创世的图书馆有十五层之高，里面收藏的图书有百万册之多，许多别的地方没有的孤本、手抄本也能在里面找到，如果想阅读的书，图书馆里没有，只要在留言板上写出作者和书名，学院就会帮助购买或者借调。

不少创世的前辈们，都是在这里使学术研究有了新的突破，每层满满的自习桌椅，简直就是爱好读书学习的人的天堂。

虽然顾惜每天是被强制性押到图书馆的，但她自己也明白，除了用功用功再用功，让自己所有的课程成绩都达到及格线以上，才能留下来，而别无他法，在挣扎抱怨几天之后，顾惜也就接受了这个残酷的现实。

一段时间的图书馆泡下来，顾惜快要被榨成小咸菜了。

"法国近代史、波旁王朝的幻灭……"这天顾惜为了在书堆里找资料，写一篇论述法国大革命的论文，踩着书梯爬上爬下数着书名的时候，突然从架子角落里翻到了一本相册。

金色的相册还是崭新，连上面的封口都没有拆，浮雕的封面一下子就吸引住了顾惜的目光，标题是创世学院的官方校友录，发行日期是在两年前。明明是存放外国历史的书架，这校友录也不知道怎么就藏在了这种偏僻的角落里。

顾惜好奇地打开封口，稍稍翻了两页，成为大政客大科学家的名校友事迹和相片占了绝大多数篇幅，里面还有从建校初到几年前的每一届学生名单，顾惜兴致勃勃地拿着这本相册下了梯子，跑到白晓米面前。

虽然不是自己取得的成绩，可是那是曾经在同一个空间里学习生活过的前辈们，他们能如此出类拔萃，顾惜和白晓米是没有理由不自豪的。

两人一页页看过去，最后翻到了学生名单页，顾惜想起之前卫寻说他哥哥卫桥也是这个学校的学生，可是从头看到尾，无论如何都找不到卫桥的名字。

"卫寻真的说过……他哥哥是学院里最最顶尖的毕业生吗？"粗神经的白晓米怀疑是不是顾惜又犯傻了。

"当然啦！你那天晚上不是也听到了吗。"

"嗯，话是没错啊……"

感觉有什么不对劲。

顾惜和白晓米把在校友录上找不到卫桥名字的事告诉了卫寻，话一说出口就直接遭到了卫寻的鄙视，卫桥作为五年前最最顶尖的学生，不可能官方发行的校友录不记载。

但事实的确如此，在卫寻亲自看了校友录，找遍所有他认为能证明哥哥存在的地方后，却什么痕迹也没有找到。卫寻除了震惊还是震惊，他发现所有关于卫桥的一切都不存在，为学院夺得的奖章、各种展在学院的影像图片，什么都没有，卫桥，似乎从未来过创世一般。

感觉整个信仰被击得粉碎，一直以追随哥哥为目标的卫寻一下子无所适从了，卫桥的不存在让他进入创世的举动突然变得没有意义，连聪明可爱、喜欢对主人撒娇的"马铃薯"，还有新宠囧脸猫，都无法让他开心起来了。

卫寻从来都不是阳光向上的男生，但这样愁眉不展、自我怀疑的状态，顾惜还是第一次见到。

"怎么办呀？你看看他要死不活的……"

比卫寻更加愁眉不展的就是白晓米，以前卫寻冷着脸，常常对她蹦出"白痴"两字，她总要暴跳如雷一番。现在卫寻再也不理会白晓米每一个愚蠢的举动，每天就对着他的机器宠物发呆，这没有争斗的日子，反倒让白晓米觉得少了些什么。

凶巴巴的唐宿则对这件事一直保持沉默，唯有从他紧缩的眉头上能看出他也在担忧卫寻。

"别再想了，我们去学院档案室看看不就知道了，那里是不会骗人的。"顾惜在几天之后，终于受不了卫寻和唐宿散发出来的低迷气息，一拍桌子提出了建议。档案室就是人员信息保管室，所有在学院里待过的学生或者老师都会在档案室里面留存有资料，关于他们过去的蛛丝马迹，唯有那里可以查明。

蹲在厨房地板上，正机械地给囧脸猫喂食的卫寻，连头都没有抬一下，完全一副神游天外的样子。

"可是那种重要的地方，只有校长才能拥有钥匙吧？"唐宿觉得顾惜的想法简直就是异想天开。

顾惜回到自己的房间，再出现大家面前时，手里多了一大串古铜色或是暗黑色的尖状物。她提起这串钥匙摇动起来，让它发出铃铃的碰撞声。

面对唐宿和白晓米怀疑的目光，顾惜有些不好意思地擦擦额头："其实我可能拥有学院里的第二把钥匙。"

"顾惜，你……哇哦！虽然不知道是怎么回事，但还是感觉好棒啊啊啊啊……"白晓米愣了几秒，随即拍着双手跑到厨房，在卫寻毫无准备的时候跳到了他的背上，和白晓米正好对上眼的囧脸猫动动耳朵，然后软绵绵抬起了爪子。

一阵风过，白晓米脸上顿时多了五瓣梅花，刚才还在开心尖叫的白晓米，此时真的尖叫起来：

"'西兰花'！！！我要宰了你！"

一人一猫就这样开始了一场毫无意义的追逐战。顾惜和唐宿耸耸肩摇头，两人盯着这串钥匙，决定事不宜迟，今天晚上就开始行动。

夏夜里香樟树的味道在空气里幽幽浮动，刺耳的蝉鸣聒噪了整个月色，处在整个学院中心地带的综合大楼的窗户，星星点点亮着灯，这栋大楼聚集着所有特优生们的研究室以及学院较为重要的房间，除了争分夺秒学习的特优生和有工作需要的老师们，鲜有其他人会去那里。

四人做贼一样的从大楼的后门偷溜进入，顾惜贴着墙壁望去，空旷的大厅里只有亮白色的水晶吊灯摇曳，眼见没人，顾惜跳到大厅的楼层导引图下方，开始认真寻找着档案室所在的位置。

"走啦！'马铃薯'拍下大楼的导引图已经找到位置了啦！"白晓米扯过顾惜的后衣领，一路奔过大厅到侧面的紧急楼梯才松了手，"有时候感觉'马铃薯'的智商都要高过你。"

顾惜揉着脖子撅嘴。

一只机器狗和四只小贼沿着紧急楼梯很快便到了三层，档案室就在三层的尽头，顾惜跟着"马铃薯"率先跑到档案室所在的位置，尽头处的黑暗是最好的遮挡，在试过手里大半串钥匙之后，她终于听到清脆的锁口滑动声，原本不确定这些老旧的钥匙是否还能用的忐忑，现在终于踏实下来。顾惜擦了把汗推开门，示意在电梯处和楼梯口放风的三人也过来。

刚开门就有一股浓烈的卷宗味道飘散出来，四个人站在门口用手电在漆黑的屋子里乱晃，光线扫过的地方，能看见整个房间全部被铁皮柜塞满，几个人赶紧走进房间去，匆匆合上门，正式打量起整个房间的布局来。

顾惜一边走一边用手指在柜子上轻轻划过，一直紧锁着眉头的卫寻带着"马铃薯"也开始迅速在房间里搜索起来。

几个人很快发现了柜子里档案的存放规律——教职员工的和学生的分开，学生档案没有按照年份排序，而是按照年级班级排序。根据这个规律卫寻找到五年前的特优一班的档案，白晓米也凑过去和卫寻一起把所有人的档案都拿出来翻了又翻看了又看，却惊诧地并未找到"卫桥"这两个字。

连最能证明一个人是否存在过的档案室都没有卫桥的资料，那应该再没有别的方式能说明卫桥曾经是创世的学生了。

白晓米偷瞟了眼滑坐在地上后，由于无法接受现实又开始继续疯狂翻动卷宗的卫寻，虽然知道自己问出的话很天真、很白痴，但也好过另一个事实："……你确定没有弄错你哥哥念书的学校？说不定是什么远世、建世……"

"不可能！这绝对不可能！……"

在卫寻一直重复着不可能这几个字的时候，顾惜和唐宿也在继续翻找，两人正拿着手电一排排查看所有格子的标签，从刚刚建校只有两个班级到现在，哪怕是每年昙花一现的十三班也都全部用相同格式的标签工工整整地做好标记，唯独在最后一组铁皮柜的最下方一格，标签上写着"2007—"

这个"—"号后难道不应该继续是年份吗？难道从2007年一直到未来？

两个人对望了一眼，都摇了摇头。

顾惜生了好奇心，伸手拧动旋钮，却发现这格竟不像其他格子那般能直接打开，而是上了锁的。

可是这种简易的扭锁怎么可能难得住爆发力和攻击力惊人的顾惜。

顾惜皱着眉头略微犹豫片刻，就用牙齿咬住手电，一脚抵住柜子底部，两手全部放上旋钮，心里默念一二三，用力一拉，便听到沉闷的"咔哒"声，连带着整组柜子的颤抖声响起，随即又归于平静。

"顾惜，发生什么了？"被突如其来的声响吓到的白晓米跑了过来，她看见顾惜咬着手电，两手捧着几卷档案，目光里写满了疑问。

她手里的几份档案一拿出来，便一目了然，原因是里面只有三个人。其中就有卫桥。

白晓米凑近瞧了瞧，朝着还在前几排柜子处瘫坐着的卫寻惊喜轻呼："卫寻，卫寻！我们找到你哥哥卫桥的档案了！"

一阵脚步声过后，卫寻跑了过来，顾惜向两人做了个噤声的手势，开始认认真真查看这单独辟出的一格档案中，存放的到底是什么与众不同的东西。

除去卫桥，那格还存着的另外两份档案的主人分别是2007届周子楚和2012届许敏意。在看过所有文字之后，大家发现这三人都是各届特优一班的学生，周子楚学长在创世一直待到毕业，三年来一直被称为发明专家；许敏意学姐在心理学研究领域出类拔萃，三言两语催眠别人不在话下，档案显示她才入学一年就离开创世。

顾惜让白晓米掏出带来的官方校友录，查找起周子楚和许敏意的名字，果然不出所料，在上面同样无法找到。

也就是说，周子楚和许敏意这两个人，很有可能像卫桥一样，被学院抹杀了一切存在的踪迹，显然，这已经不能归结于偶然了。

强大到无敌的前辈，学院却像是藏东西一样把他们给藏起来了，不想让任何人知道他们，了解他们曾经存在过的痕迹，这样光芒闪烁的人也会被遗忘，真是蹊跷。

"这两位前辈会不会也是像你哥哥那样被送到秘密地方培养，为了保密的缘故学院才那么做的呢？"白晓米拍了下手掌，给大家找了个理由。

"可是有必要做得这么绝吗？五年时间都不曾再见过家人一面，再通过一次话，是好是坏是生是死……全部只由一份报告说了算。"卫寻攥紧手里关于哥哥存在过的唯一证据，上面眉目相似的少年正望着弟弟微微笑，都是十四五岁的年纪，一个鲜活地站在这个时空中，另一个却只留存在五年前的照片里。

有一种悲伤的情绪在悄悄蔓延，这次连乐天派的白晓米都嘴角向下，不知道该说些什么。

顾惜合上校友录，说出了每个人心里隐藏的，不敢说出口的担忧："事情恐怕不会是那么简单，创世一定在隐瞒着什么秘密。"

"那我们要怎么办？"白晓米苦恼地挠着头。

"还能怎么办，无论怎么困难，我也要帮卫寻查下去。"进了档案室后就很少说话的唐宿拍了拍卫寻的肩膀，长长吐了口气："我能理解你的感受。"

"你们知道，我被学校放弃，进入十三班的原因是因为暴力。那是我在进入创世前的人生中唯一一次使用暴力，是为了我妹妹。我妹妹……她是个哑巴。因为不会说话，在学校受了很久的欺负，她却从未告诉过我。如果那天不是我亲眼看到，我还以为她在学校生活得很幸福。为她失去理智而动手打人，那是我做过的最错误却也最无悔的决定。"

有关于唐宿那段暴力的过去，所有人，包括他自己都在尽量避免谈到，今天唐宿突然提起这个话题，让顾惜有些错愕。她还真没想到唐宿会有个和他性格截然不同的妹妹。

如果说卫寻的哥哥是卫寻闪闪发亮的偶像，那唐宿的妹妹就是他命中的劫。

顾惜看着黑暗中的唐宿，感觉到他有些微微颤抖。"兄弟姐妹，是无论如何也要去拼命守护的，就算失去所有也在所不惜。所以，我会和卫寻一起坚持到底，寻找真相。"

卫寻抿抿嘴唇："谢谢。"

气氛被唐宿的插曲搅得有点儿凝重，突然两个男生的脑袋被跳起来的顾惜一夹，短发女生一手圈一个："你们是嫌我和白晓米碍事吗？怎么不说我们四个一起坚持到底呢？"

在男生们"呀、呀"的告饶和挣扎下，顾惜才放了手，从兜里掏出手机，当着大家的面一页页拍下这三份档案。

白晓米看着顾惜用手机拍下这些东西，把嘴巴张大成O型，这算不算窃取学院秘密啊？好吧，反正学院隐藏的大秘密早晚也是要曝光的。

四人心思沉重地从档案室出来，本来以为找到卫桥的档案就轻松了，没想到结果反倒比之前更加让人忧心忡忡。每个人还在各自思索着下一步该怎么办时，完全遗忘了自己还在人家地盘上，是偷偷进来的这回事，没想到，在回去的路上就好死不死地遇到了衰神一枚。

这个衰神，自然就是只要遇到他，必定没什么好事的沈千墨。

顾惜每次遇到大衰神沈千墨，总是在不正常的情境下。这次一抬头，猛然看到电梯口靠墙插兜盯着她的帅男生，直接从发梢到脚尖体验了一把触电的感觉，完全验证了做贼心虚这四个字的精髓。

也不知道他看没看见他们四个刚刚从档案室里偷偷溜出来，总之，这关不好过。

"嗨……"顾惜哭丧着脸朝沈千墨摆摆手，后背就被白晓米狠狠捶了一拳。

"喂，你们几个十三班的，这里应该不是你们该出现的地方吧？"沈千墨眯起眼睛，语气里分不清是友善还是挑衅。

被白晓米捶醒的顾惜浑身又是一抖，硬是扯动僵硬的嘴角，笑嘻嘻地跑到沈千墨面前，恭敬地抱了抱拳："这不是花了两个月时间，我终于把病养好了，能活蹦乱跳地出门了嘛，又看今天挺适合串门的，便拉着我的朋友们来找你，想要对你说声感谢救命之恩什么的。我们在这儿可是找了你好久呢，现在在这儿碰到，真是太好了，哈哈哈哈……"

"哦？过了这么久才来道谢啊？好吧，看在你这么晚了诚心赶来的份上，我就接受了，可是，怎么没见你带什么礼物呢？"

"谁说我们没带礼物？"顾惜气势汹汹地随手把口袋里唯一的东西交出去的一刹那，才反应过来那是什么。顾惜后悔的只想咬断自己的舌头："这是国外新出的一款……呃……手电筒……"

手电筒，手电筒，这算是自掘坟墓吗？

尴尬回头，顾惜看到卫寻不舒服地捂着胃，白晓米羞愧难当地捂着额头，唐宿更是直接脸红到脖子根，三个人都是一副顾惜你这个大白痴，我怎么跟你是同班同学的嫌弃表情。

站在顾惜前面的沈千墨，倒是大方地接过顾惜递上前又畏畏缩缩想收回去的手电筒，在空中上下抛了抛："还真是……感谢呢。"

"叮"的一声，电梯门正巧在此时打开，沈千墨伸直双腿，从靠着的电梯口处起身，似笑非笑地走了进去。

"你们不进来吗？"

"不不不……"

顾惜慌忙挥手，然后看着沈千墨的俊脸在慢慢合上的电梯门后消失了。

人是走了，但一阵寒意莫名其妙地席卷而来，顾惜此时此刻决定把沈千墨列为比Miss Morry更加危险的人物。而卫寻、唐宿和白晓米心里则已经把顾惜列为十三班的易燃易爆危险分子。

夜探档案室后没过几天，学院通知三个年级的期中考试将在下周正式开始，这对于所有创世的天才们，就像是吃饭睡觉那么简单自然，但对于顾惜来说，简直就是世界末日到了。脑子里还是一团糨糊的她，压根没料到时间过得这么快，剩下一个星期的复习时间，根本就不够好吗？

唐宿安排顾惜暂时先别管调查的事，抓紧最后的时间好好复习，安排白晓米在这期间，负责监督顾惜要全力以赴学习，好在这次考试中能顺利过关，他和卫寻则来想办法跟进调查卫桥等人的事，看看到底发生了什么。虽然顾惜也想帮忙，但鉴于自己目前最重要的事还是能够留在创世，于是便同意了唐宿的安排。

将近一个星期疯狂的填鸭式学习，学渣顾惜在白晓米的帮助下，抓破脑壳，打碎一切人类生存极限，终于在无边无际的学海里熬到了考试那天。走出考场的时候，她都觉得自己的脚步是在飘，一直陪着顾惜熬夜熬成熊猫眼的白晓米，也感觉到终于解脱了。

木屋宿舍里，两个考完试提前回来的男生已经收拾好一切，早早地在小厨房里准备下午茶，为犒劳顾惜结束艰苦的战斗。烤箱里曲奇的香味已经弥漫出来，"西兰花"蹲在料理台上舔着牛奶，看这幅温馨的画面，不得不说，卫寻和唐宿还是很有暖男天赋的。

过了很久才"飘"回小窝的两个女生累归累，还是抵不过太想知道卫寻两人这几天调查结果的欲望，灌了几大杯咖啡之后，也不舍得补个觉，而是盘腿坐在宿舍小客厅的沙发上，满怀期待地等卫寻和唐宿发布最新消息。

消息有是有，只不过不是好消息。

"如我们所想，学院里也完全没找到有关周子楚、许敏意的一丝痕迹，和卫桥情况一样。"唐宿无奈地举起双手。

"后来我用黑客技术，终于联系到两位前辈的家人，他们都说是接到通知，两人被贝校长送到秘密处去培养，自接到通知那时起便再也没有联系过。许敏意也是每年会有一份类似卫桥的报告寄回家，最近的一次报告说许敏意患了脑瘤，已经被送往美国就医，且为了保密拒绝家人探视。"卫寻低下头，有点儿难过地继续说，"而八年前就被送走的周子楚，在去了那个所谓秘密地之后的第五年，就在一次试验室爆炸中身亡了。"

"这算什么？一个病重，一个已经身亡？"

"就是因为结果太不可思议，所以我也总是在胡思乱想，总担心我哥会不会是下一个病重或者突然死掉的人。"卫寻轻轻叹息。

卫桥会不会是下一个？顾惜想到了贝叔叔。身为创世校长的他，亲自把三人送走，他肯定能给大家一个答案，一个创世到底在隐瞒什么的答案。那两个前辈到底是真的偶遇不幸，还是这一切背后有什么不可告人的秘密？她到底要不要去找贝叔叔问问清楚呢？顾惜嘴上没说，心里开始默默盘算。

只是还没等顾惜去找贝校长，她的第三次通报就翩然而至。

通报理由是顾惜曾在考试之前去综合大楼卷宗室偷取考试试卷，证据确凿、无可辩驳，她成为这次考试中全校都为之感到耻辱的作弊者。通报送到顾惜手上的同时，她同时被告知，学院高层正在开会研究，决定是否开除她。

马上就要上第二节课了，顾惜来不及进行任何思考，直接从教室里冲了出去，赶到了和教室隔着好几栋楼的顶层会议室。看见顾惜丢在地上的通报，意识到发生了什么事情的十三班的其他三个人，立刻跟了过来。但匆忙追赶的三个人根本来不及阻止，顾惜已经直接"咣"的一脚，踹开了紧闭着的会议室的大门。

顾惜气喘吁吁地站在门口，不知是因为剧烈的奔跑，还是因为愤怒，她的身体在微微抖动。

所有人的目光都被门口的女生吸引过去，会议桌侧面的Miss Morry立刻站起身，浑身的怒气还没来得及散发出来，坐在最上首的贝校长就伸手阻止住了她，然后朝顾惜平静点头："进来吧，顾惜。"

顾惜走到了所有人面前，站定，鞠躬。

"我没有作弊。"直起身时，顾惜眼睛里蒙上了一层雾气，"你们不能如此武断……"

"什么叫武断？你顾惜哪一科目都学不好，为了留在创世，只能偷试卷自保，这么明显的事实，你还要狡辩吗？"坐在Miss Morry身边的一名男老师打断顾惜的话，伸出手指点了点顾惜的方向，顺带上了随后跟过来的、站在门口一脸担忧的十三班其他几位："你们待在创世就只能是拖后腿！一群差生！一群乌合之众！"

顾惜冷眼看着他，这个男老师她不仅认识而且还很熟，每天的数学课就是由他教习，平日里最不常来上课就是他了，偶尔在十三班出现，也从来不管他们在干什么，不交作业也好，趴着睡觉也罢，这个男人从来都是为了完成任务而上课，永远仰着头鼻孔朝天，不管不问不关心，白晓米背地里都喊他小神仙。

既然从未关心、从未付出，现在凭什么如此振振有词？顾惜的手指慢慢攥紧，她抿紧双唇。

她是不喜欢上课，不会考试，如果一定用成绩作为评定标准的话，她的确是名副其实的差生。但是如果因为这些，就要被认定她会去盗取了试卷，难道不是天大的笑话吗？因为是差生，所以不可以被信任；因为是差生，所有的坏事就都和她有关系；因为是差生，所以无论什么辩解都会显得苍白无力。

"刚来创世的时候，我们就知道自己这样的差生处境会很尴尬，说我们坚强无畏也好，说我们厚脸皮也罢，为了留在创世，我们十三班也有自己的生存守则。"

"十三班的第三条守则，我想在这里告诉各位老师，"顾惜目光扫过众人，最后停留在贝叔叔的身上，"差只是我们的短板，不是我们的全部，更不是坏！我，绝对没有作弊！"

兴许是顾惜语气里的笃定，或者是被怀疑后的愤怒会如此强烈地爆发谁也没有料到，会议室有了一瞬间的安静。贝校长坐直了身体，双手平放在桌子上："好了，无论争执多久，大家各执一词也不会有什么进展，我想就此事立刻召集所有班级开一次全级公证会，让每个创世人都来做评判，顾惜，你同意吗？"

顾惜还没说话，站在门口一直关注着整个事件发展的卫寻就焦急地向前迈出半步，先出声阻止："顾惜，千万别……"

唐宿赶紧伸手，将有些激动的卫寻和他剩下的话截住。其实卫寻的担心他怎么会想不到，只是有些话不能说明白而已。

全级公证看似公平，但结果残忍，因为如果一旦无法证明顾惜的清白，不仅顾惜逃脱不了退学的命运，还会让此事最大化传播，那么所有其他院校都不会再接收顾惜这个臭名昭著的学生！这会在未来把顾惜逼向绝境！况且创世的每一个人都希望他们十三班离开，所谓的公证又有多少公平在里面呢？

顾惜，不要答应！

被唐宿拉住的卫寻在顾惜背后无声摇头，这么多天相处下来，他确信，顾惜是一束光，一束能照亮大家，温暖他人的光。在开学时受到Miss Morry

威胁、要他们主动退学的时候，在洛河峡谷为面对毒蛇、面对艰难险阻的时候，在他因为找不到哥哥的踪迹心情低落的时候，如果不是有顾惜，他们几个能支持这么久吗？在创世这个充满敌意、像是魔窟一样的地方，没有顾惜，他真的不知道自己有没有勇气能待下去。是顾惜身上那束隐隐散发出的光，让他有了想要继续下去的信心。那些早早就退学的十三班前辈，身边一定没有顾惜这样的光芒。常常淡漠得对这个世界没有任何热情的少年，第一次有了不想失去的心情。但顾惜，似乎并没有听到卫寻内心的呐喊。

"我答应。"顾惜毫不犹豫地说。

第六章

全民公敌

下午三点，校园里的香樟树弥漫着夏天快要完结的味道。

在体育馆内举行的公证会会场，几乎是在眨眼之间就已准备好。圆拱形的玻璃顶轻轻漫漫地折射着下午的阳光，明暗交织的线条爬在体育馆的每一个角落，显得暖意洋洋，但放置在篮球场中央的三排桌椅还是无法柔和起来，特别是正中间那留给顾惜的坐席，独自放在所有人的对立面，在巨大的篮球场里显得渺小又孤立。

当顾惜拖着沉重的步子走向安排给自己的坐席时，所有同学早就已经集中在体育馆内了。

他们已经知道这个公证会的内容，见到还穿着创世校服的瘦小女生进来，本来还是低低的议论声音逐渐变大，然后在嘈杂中慢慢演变成整齐的呼喊：

"作弊者滚出创世……"

"差生滚出创世……"

……

顾惜没有看向任何人，她低着头，紧紧握着双拳，径直来到留给她的孤零零的位置，平静地坐下，只有印在下唇上那深深的齿痕暴露了她内心的不平静。

像是模拟小法庭的样子，除去顾惜的那个坐席，在她对面的三排桌椅是留给学院辩席的人的，这些人也陆续到来，年级主任、Miss Morry、学院里各位举足轻重的老师以及学生代表全部到齐。

呼喊声随着重量级人物的到来慢慢降低，最终销声匿迹。

顾惜盯着走在最后的学生代表，她低着头，长长的刘海遮住了她的面容，但细瘦的身影格外熟悉，只是一时间想不起在哪里见过她。

在所有人员到位后，贝校长才出现，他走到篮球场正中央的话筒处，宁静的表情一如既往，作为一校之长，他地位特殊，所以只能不发表看法，不参与讨论，而是作为主持人把握整个公证会的全程。

极少见到贝校长这样的传奇人物的学生们又爆发出了一阵欢呼。男人伸出手止住了所有声音，然后淡淡地扶起话筒："我相信大家已经知道为什么要开这次公证会，话不多说，只希望所有人都能公正看待这件事。先让金主任来讲下指认顾惜作弊的缘由。"

曾经只在洛河峡谷行军前的广播里听过的声音，现在终于实化为瘦小却格外精干的男人形象，顾惜扫了一眼面前站起的这个男人，以及他写有"金道子"三字的名牌。

"年级组出好试卷，把它们放置到试题文印室的那天晚上，我正好看见……"金主任停顿下来，犀利的眼神射向顾惜，"我看见顾惜从文印室所在的综合大楼里出来，作为只有特优生和老师能使用的综合实验楼，顾惜去那里干什么？我从那时起就很怀疑。"

顾惜想起偷跑进档案室的那天晚上，解决掉沈千墨这个大麻烦出来时，因为察觉到有人，所以在卫寻和白晓米跑出去后，她特意在楼里面多停留了一会儿，躲藏在文印室门口的垃圾桶后面，她怎么也没想到就那么短的时间，刚巧就被年级主任给发现了。

金主任继续指认："如果说当时仅仅只是怀疑，那么考试成绩出来的时候，我就完全被震惊了。考前所有顾惜的老师都说，顾惜这次全级统考不可能考出C以上的成绩，但你十门科目里有四门是A，六门是B，这怎么可能呢？"

主任话音刚落，观众席就嘘声四起。因为整个学院的同学也没几个相信顾惜能考出这样的成绩。

但这有什么不可能？

那一段时间，顾惜是如何努力、如何用功，白晓米、卫寻还有唐宿全部都看在眼里，特别是一直陪着顾惜的白晓米，最清楚她是怎么熬过那段痛苦的时间的。从来都讨厌读书的女生，为了能通过考评留在创世，几乎是到了废寝忘食、不眠不休的地步，是顾惜用行动证明了，只要有信念就没有什么是不可能的，但这样的努力，也轻易被别人否定了。

坐在观众席离顾惜最近的白晓米三人，望着众人越来越疏离，越来越不信任的眼神，连手心也变得凉起来。

就在这时，Miss Morry站了出来，她手里捧着的一串东西顿时让顾惜瞪大了眼睛。

"我接到金主任向我提出的，去十三班宿舍搜查偷卷证据的要求后，为了不打草惊蛇，昨天上午偷偷在十三班上课的时间去了他们的宿舍。虽然我没有发现试题之类的东西，但却发现了更加重要的证据。"女人提起那串丁当作响的东西，在众人面前摇晃了两下，以便让大家看得更清楚，"这里是从顾惜的书橱里找到的——整个学院所有重要房间的钥匙，其中就有文印室的钥匙。"

话说完，就听见"啪嗒"一声，Miss Morry直接将钥匙扔到了篮球场中央的空地上，然后踩着高跟鞋"哒哒哒"地走回了自己的座椅，似乎再多拿那串钥匙一秒，这万恶的罪证就会脏了自己的手。

整个现场一片哗然，在不断升温的愤怒和对这串钥匙来历的猜测中，顾惜大步走上前，小心翼翼地拾起那串钥匙，紧紧地攥在手中并捂在胸前，完全没有顾忌她现在的处境。

初来创世的时候，她除了一些日常衣物和录取通知书，就只带了这串钥匙，当初迷迷糊糊丢掉行李，附带着连这串钥匙也丢失时，她感到心痛得不得了。这绝不是因为她想要用它来做点什么，而是因为那是爷爷留给她最后的礼物。

爷爷在去世前偷偷地把整个学院的心脏都交到了她手里，没有告诉任何人。像是自家孩子一样的创世和他最心爱的顾惜，是老人家临走时最舍不得的两样东西，他决定让这两者在一起，尽管这做法连顾惜都觉得惊诧。

"请大家不要胡乱猜测它的来路了，这是我爷爷送给我的纪念物。我爷爷是顾长春先生，也就是创世学院的创始人。"

顾惜的话说得很平静，却具有格外震撼的爆炸力，不光是公证会场上的所有外班学生，连相处那么久的卫寻等几人，甚至包括对十三班从来不屑一顾的Miss Morry等老师们都异常震惊。

如果说贝校长是神坛之上的人物，那么顾校长则是深藏在人海里的一座丰碑，看似没有卓越功勋，没有出众成绩，却像神一样地耸立在那里。这个大教育家去世那年，来自各行各业的、许许多多他以前的学生，都在用各种方式缅怀他，教育界没有人这般的被铭记，所以当时足以称得上是前无古人后无来者。

顾惜，原来是那个人的孙女，却作为差生待在本不该存在的十三班里，世间的事也真是不可思议呢。众人在一片震惊中窃窃私语，场面一时有点失控。

"现在让我来为自己说几句话吧：第一，我的所有成绩都是真实的，哪怕让我再考一次我也不怕。第二，我并没有用这钥匙开过文印室的门，请不要因为我拥有这串钥匙，就如此下定论。"

"那你能解释为什么那天晚上你会出现在综合实验楼吗？以你的身份，我实在想不出你去那里干什么？"金主任没有因为顾惜的身份受到任何影响，他继续发问。

这回顾惜有些迟疑，无论什么理由貌似都不能成立，总不能坦白说自己其实是偷偷进了档案室吧，"我……"

正在顾惜的心思百转千回中，人群里突然响起了一个迷人的男声，"她来实验楼是为了找我，向我道谢，我可以为顾惜证明。"大家的视线立刻转向了发声源。只见沈千墨慵懒地从一班学生群里站起身，完全无视众人不可思议的眼神，径直朝孤零零站在公证会另外一边的女生走去。

而他渐渐清晰、靠近的身影，让顾惜不知为何就悄悄向后退了小半步。

按道理来说，被她揍过一顿、还在野外行军时差点儿又被她害死的小子，没道理帮助她的啊，况且那天见面时他就一定知道她在骗人。

"你个笨蛋，怎么不知道说那天你出现在实验楼是来找我的！"终于站定的沈千墨皱眉给了顾惜一记爆栗，然后转向大家："因为之前顾惜同学和我有一些小误会，并且在洛河峡谷时有一段不同寻常的经历，所以顾惜同学一直想找机会郑重谢谢我，我便让她来我常待的实验室找我。她那天还送给我一支手电筒当礼物。"

全民偶像说的话必然具有一定杀伤力，后面透露出的见面和告别的时间，也与金主任偶然撞到顾惜的时间相吻合，如果事先没有串通好，是不可能说对的，而且一个差生没可能让NO.1的优等生为她作伪证。

有了沈千墨的作证事情又变得扑朔迷离起来。

"仅凭顾惜同学成绩的意外上升和顾老校长给出的钥匙就判定她作了弊，这算不得什么确凿的证据，既然还只是处于怀疑阶段，按照法律的定罪原则来说，也是疑罪从无，不可以定为有罪的，所以贝校长，我们是不是可以结束这场得不到结论的公证会了？"沈千墨摊摊手掌，做了个无奈的表情。

沈千墨的一席话说得极有道理，作弊的结论其实只是在很多怀疑的基础上凭空建立起来的，没有谁真正亲眼看见顾惜偷试卷，没有确凿证据证明一个人犯罪那么就不可定罪，如果咬定这种猜测而强迫她退学，只能让外人诟病堂堂创世的公正不过尔尔。在现场的人们一时间沉默下来。

"Yes！"唐宿和白晓米偷偷在观众席击了下掌，卫寻则欣慰地拍拍"马铃薯"的头。

"说到作弊，难道一定要偷试卷才算吗？"另外一个响亮的女声划破了现场的静寂，作为学生代表一直坐在顾惜对面席上的女孩儿抬起头来。

她长着小巧精致的脸颊，却带着和长相极不相符的强大气场，说话的语气让人觉得她就是这个世界的女王。

一年一班，郑希怡，公证会学生方代表。顾惜扫了眼摆在她面前的名牌，这次看清了她的面孔，刚进场时没认出来。对，就是上次在餐厅被撞到的女生。

两个女孩儿互不友善的目光终于交织在一起。

"一个连基本入学标准都达不到的人，却凭着顾老校长的关系轻松进入精英云集的创世，这其实本身就是一种作弊！"

"不仅仅是顾惜，十三班所有人的存在全部都是作弊！"

"你！"这番说辞彻底激怒了顾惜，诋毁自己尚可以忍受，但白晓米、卫寻还有唐宿与这件事有什么关系？只因为某一方面不如别人，进到创世就被称之为作弊而不可以被原谅？但真正不该被原谅的，其实是永远对他们十三班有偏见的整个学院！分配最差的宿舍，使用顶楼孤零零的教室，不提供可以给其他班级开放的学校资源，老师随随便便来给讲课，干什么都必须要为天才学生们让道……明明都是以平等资格入学的学生，这些难道不是学院为了让心目中的优等生得到更好的教育而进行的一种作弊吗？

顾惜抖着唇刚想上前理论，就被沈千墨给抓住手臂制止了，在他紧握的手传来的力量中，顾惜逐渐冷静下来。连自己都还没有解除危机，有什么资格去评定整个学院的不公正。

随着郑希怡的爆发，现场观众又开始了第二轮的大讨论，有不少一直都觉得十三班的存在就是耻辱的同学，很快被郑希怡挑起了情绪，他们已然忘记十三班的同学是如何冒着危险，救助了学院的同伴的。让顾惜滚出创世，让十三班滚出创世的呼喊声又在瞬间掀起，除了少数几个同情十三班并对顾惜没有敌意的人保持沉默外，整个体育馆又掀起了一片抗议的热浪。

贝校长严肃地拍了拍话筒，重重的砰砰声止住了所有嘈杂。

"十三班的存在是学院的决定，谁都不要再讨论。顾惜，我个人相信她会像她爷爷那样正直，但在无法确定是否有作弊行为的情况下，只有在今明两天再对顾惜进行一次全科测试是最公平的。别的不说，私藏学院钥匙也是违规，学院决定对你作出没收钥匙，留校察看的处理意见。其他老师和同学对公证会的这个决议有什么意见吗？"

校长发话当然没有人提出异议，于是在众人的默认中，整个公证会就这么结束了。散场时不少人还在议论顾惜的身世、十三班的存在以及贝校长宽容待人的姿态。

Miss Morry在最后走掉的时候，似笑非笑地送给顾惜几人"祝你们好运"这样莫名其妙的话，所有人都扭头不想理她，如此盼望他们消失的班导，有还不如没有。

"顾惜！没想到我们赢了！啊啊啊……"白晓米兴奋地冲顾惜跑来，她似乎又忘了自己运动神经错位，下台阶时直接一脚踩空，然后双脚如冰球在球场上滑行一样，直到扑倒了学院辩席靠边的椅子才停下，然后那把椅子便像多米诺骨牌那样，直接推翻了整整一排的同伴。

幸好白晓米早就在每天的磕磕碰碰中练就了金刚不坏之身，只委屈了学院刚刚才花钱打了蜡的地板额……顾惜看着满场狼藉抽了抽嘴角。

等所有人陆续离开后，十三班的三名观众这才四仰八叉躺倒在篮球场地板上，顾惜也一屁股坐了下来，四个人都像是经过了一场激烈的战争，与敌人斗智斗勇，即使取得了胜利，还是疲惫到了极点。

"顾惜，原来你爷爷是顾长春老先生啊，你居然瞒得这么严，还把我们当朋友吗？哼！"经历完惊险的白晓米想到了什么，有些小脾气地把脸扭到一边。

隐瞒自己的身份的确不地道，但其实这个也没什么好说的啊，顾惜挠着脑袋呵呵笑："嘿嘿，其实我爷爷是谁对于你们来说重要吗，我终究是这个不存在班级里的顾惜啊。"

"对了，顾老先生除了给你留下那串钥匙，还留给你什么了？"总觉得老校长这么做别有用意的唐宿突然发话。

爷爷还留下了什么？那样和善一直将学生当作孩子来爱的老人家，还能留下点儿什么呢？

顾惜停住了笑，垂下头。

"还记得我曾经一直跟你们说的差生守则吗？"

"第一条，别人越忽视你，你越要无比爱惜自己。第二条，差生并不低人一等，我们不是别人的王，但别人也成不了我们的王。第三条，差只是我们的短板，不是我们的全部，更不是坏。"白晓米从顾惜的语气里听出了低落，不再责怪她不够意思，开始一条一条地数起顾惜曾经和他们说过的法则。

"这就是爷爷留给我的。对于已经走精英路线的创世来说，不再掌权的他突然担心很多，因为世界上的孩子并非每一个都是天才，都是优等生，有的会偏科、会愚笨、会很讨厌上课，所以爷爷害怕那些所谓的精英们，忘记了要对每一个同伴都心怀善意，即便在成就上他们永远达不到精英的高度。爷爷更害怕这些被歧视、被抛弃的孩子，自此放弃自己，自甘堕落，变成一个彻头彻尾的坏蛋。除了那串钥匙，他就给了我这份差生守则，他想，不论我是天才还是差生，我都能靠他的守则，改变这个学院逐渐扭曲的未来吧。"

很久很久，宁静的体育场光线黯淡了下来。

贝校长的精英路线一直被世人所推崇，可这些被贝校长还有像Miss Morry一样的帮凶培养出来的冷血可怕的精英，是这个社会真正需要的人吗？

"你爷爷是个好人。"卫寻说道。

谈到爷爷，气氛就变得感伤起来，顾惜装作不在意地挥挥手："别说这些了，白晓米老师，我好累……而且晚上还要再次全科测试……"

突然顾惜感觉有一道阴影打了下来，然后自己的脑袋被敲了敲，再睁眼时，面前是沈千墨放大的俊脸。见顾惜转着眼珠注意到他，沈千墨也顺势盘腿坐在了她旁边的地上。

明明是已经跟着特优一班走掉的大衰神，不知道什么时候又偷偷折返了回来，如果是想以作伪证来威胁她做牛做马什么的……顾惜才要不服地鼓起腮帮子，然后瞬间就撒了气……那她也只有答应的份儿了。

"今天帮了你，不过是因为我认为一年十三班的顾惜绝对不是那种人，但现在你们必须告诉我真相——那天拿着手电筒去综合实验楼的档案室到底干了什么？"

听到沈千墨的问题，顾惜不自在地挪动了下双脚，和已经坐起的卫寻、唐宿对视两眼，在他们都犹豫点头后，说出真相……既然所有被学院抹杀存在痕迹的人都是学院的最优生，那么沈千墨很有可能也会在未来被牵连其中。即使完全不清楚学院在做什么，但总是觉得有不妙的预感。如果那会是沈千墨的未来，那他有权提前知道。

也不知道沈千墨听完后会有什么样的想法。顾惜偷偷观察着沈千墨的表情，试探性地问："如果我说我们发现了创世一直在隐藏着的一个巨大秘密，你相信吗？"

空空的体育馆里，最后那个"吗"字，泛着波纹一般，一圈圈飘散开去。

"相信。"沈千墨毫不犹豫地回答。

顾惜吐了口气站起身，然后伸手拉起严肃地盯着她的沈千墨，"那走吧，如果你相信我，我们就证明给你看。"

十三班四个人带着沈千墨回到了学院边角的木屋宿舍，现在的木屋宿舍比刚来时好了不止一个档次，但一直养尊处优的沈千墨还是皱了皱眉头。他从没想到，在各类艺术大师都叹为之观止的创世学院，竟然会有这般……不和谐的建筑。

屋子里的布置还算温馨，沈千墨看了下四周，刚要踏进门就被猫咪的厉声尖叫给吓缩回了脚。

一只雪白的猫咪从他右脚刚刚落地的地方"嗖"地跑了过去，却突然又半途折返，抬起两只前爪在沈千墨的裤腿上狠狠抓了两道，然后撒开丫子跑得没影了。

"你刚刚踩到它尾巴了。"卫寻无视沈千墨被划花了的裤腿，晃荡着走进了房间。

白晓米则偷偷凑到沈千墨跟前，用手虚遮着嘴巴道："我和顾惜已经被卫寻喂养的囧脸喵星人弄崩溃过无数次了，你这不算什么。"

女孩儿安慰似地拍拍他的肩头也走了进去，留下沈千墨一个人站在门口黑着脸感叹，十三班这都是些什么异类啊。

所有人都坐定后，顾惜把找到的所有资料全部摆在沈千墨面前，然后从那天在图书馆发现校友册开始，到卫寻和唐宿最近做的调查，她将所有的一切和盘托出："……卫寻的哥哥卫桥、八年前的周子楚、三年前的许敏意……最坏的可能就是已经遭遇了不测，而你，作为今年入学的最优生，拥有超出常人太多的运算和记忆能力，极有可能就是下一个被选中的人就是你。"

上次用手机拍的档案照片已经印成纸质版，沈千墨攥着它们，保持着单手撑额的姿势，许久都在沉默。

墙上的石英钟在滴答滴答走着，在折腾了快一天的白晓米靠着顾惜，挣扎着不让自己打瞌睡的时候，沈千墨才放下手里的东西，说道："我也想加入调查。"

白晓米差点儿从沙发上掉下来。

沈千墨那家伙可是创世学院万人瞩目的超新星！一个年级最优生，一个最差的吊车尾班级，如果混在一起会让人吓掉下巴吧？

但就这么阴差阳错的，四人联盟还是变成了五人集团。

在偷试卷风波之后的那场重新测验考试里，顾惜的成绩仍旧全部在B以上，女生得意，老师们无奈，金主任撤销对顾惜的第三次通报，她算是险险地留了下来。

贝校长虽说已经当场收走了她的钥匙，但之后还是换了学院所有地方的门锁，并将每个楼层里都装了摄像头。天才们觉得学院对他们的信任被完全打破，根源就在于顾惜，所以现在顾惜不管走到哪儿，都要看人脸色，可是她很无辜的好吗？

她是真的没有偷试卷作弊！又是换门锁又是装摄像头，这不明摆着在昭告天下，无论她考多少次，学院也还是不相信她的实力嘛！

差生和骗子、谎话精、坏蛋，在正常人心中是可以画上等号的。

虽然哪里都有了摄像头，想要去的地方也不能再像从前那般随心所欲地出入，但有了沈千墨的加入，一切都变得方便了许多。他这样的特优生出现在哪里都不会有人怀疑，需要什么学院内部的资料都可以轻易到手，沈千墨帅气的脸蛋、撒娇卖萌无所不能的性格，简直就是各位老师的克星。

于是很多关于周子楚和许敏意的调查工作，自然而然地都交由了他去完成。

但是沈千墨和十三班众人的靠近，很快又引来了另一场风暴。十三班时不时会收到的恐吓信、隔三差五的恶作剧，走路时被不怀好意的同学撞到……哪怕是入学伊始，他们十三班也没遭受到如此之多的排挤。

白晓米第三次在教室墙壁上看到骷髅涂鸦时，再也不想去花大半天时间清理它们了，她气呼呼地把书包直接摔到了地上。

而唐宿也在开门后，从地上发现了几封"劝诫信"，不用看也知道里面内容，肯定和前几次一样，还是在告诉他们这帮没点儿自知之明的差生赶紧离他们偶像远一点儿，他们不是同一类人，别生出什么坏心思去拉低整个学院的天才们的水准。

"真是没完没了。"顾惜从唐宿手里接过信件后狠狠丢进垃圾桶，"也不知道千墨有没有受到什么影响……"

"他这样浑身自带光环的人物，自然不会有谁敢诟病他的做法，顶多也是旁敲侧击提点一下。不过好在他已经不在学校里了。"卫寻径直走进教室，打开自己的课桌，翻出科学杂志慢悠悠地看起来。

这段时间的调查进展不大，所有该问的都问过，能看的档案资料都看过，除了毫无头绪还是毫无头绪，在全级公证会之后，顾惜放弃了想要直接去询问贝校长的想法，三次通报毫不留情，她也不知道为什么，总会觉得记忆里亲切友善的贝叔叔已经不一样了。

现在要了解发生了什么，顾惜觉得只能从爷爷之前住的宅子里找了。那时爷爷虽然已经不是校长，但创世所有的决议和每天发生的事都会有人写好消息送到他的手里，爷爷去世以后，爸爸妈妈也没有动过里面的任何东西，所以那些文件应该还在宅子里。

五个人便商量着让沈千墨去顾惜爷爷的住所，把宅子里所有关于创世的资料全部秘密地带来。

于是，一个星期前沈千墨就以要去拍杂志封面广告为由，请假单独出校。在这完全封闭式管理的创世学院，如果有学生要出校，那一定是老师带队去参加竞赛或者考试，只有沈千墨能够拥有独自外出这样的特权。

"希望他能带来有用的消息。"顾惜一边算计着千墨回来的时间，一边走到教室后拿起工具，决定继续重复性地进行清理工作。没想到此时，教室的门被重重推开了。

顾惜无奈地回头："Miss Morry，墙上的涂鸦我们一定……"

话语在看到进来的人时戛然而止，预想中一脸阴沉或是讥讽表情的老修女没有出现，倒是那个仅有两面之缘的漂亮女生微笑着迈步走来。

所有人都下意识地皱起眉头。

没有经过任何人允许，郑希怡随意地拉开一张椅子坐下，在注意到大家防备的表情后，她俏皮地眨眼："怎么？就允许沈千墨和你们交朋友，我来找你们说说话就不欢迎吗？"

明明就是伤人的猛兽，偏偏还要装得这么人畜无害，简直比Miss Morry还要讨厌。

"不欢迎！"拾起书包决定老老实实帮顾惜清理涂鸦的白晓米指了指门外，一副送客表情，郑希怡在公证会上那番"十三班所有人的存在就是最大作弊"的言论差点儿没把她气出心脏病，现在要搭理她才怪。

"呵呵，没关系，我不过是来说件事的，说完就走。"郑希怡抬起双手，用力地拍拍手掌。

响亮的击掌声过后，楼道里迅速传来了很多脚步声，很快，一些穿着校服的男男女女便一脸严肃地鱼贯而入，他们胸前闪烁的银色名牌提醒着顾惜，这一次是特优一班全员出动。

除去沈千墨的九个人，代表着整个年级的最高水平最强实力，这样强大的阵容，明显的来者不善，实在太有压迫力，白晓米攥紧拳头，向顾惜靠近，唐宿抱着双臂扬起下巴，卫寻也板着脸合上杂志。

郑希怡低头随意地用手指穿过自己的长发："这个世界上绝大多数的平凡人都认为，人与人的智商其实相差不大，哪怕是天才也只能开发出整个脑容量的不到百分之十。所以你们总认为成功的秘诀是勤奋努力，但我想说那只是愚人在自欺欺人。创世是为世界创造精英，而不是要花大把时间去教会平凡人如何追上我们。当然我承认你们中有的人是有天赋的，但其他方面的无能和污点，还是会让你们被社会淘汰。"

"喂！你这丑女人说什么鬼话，当心我把你人道主义毁灭！"唐宿挥了挥拳头。

郑希怡对站在角落的篮球天才抱歉地耸肩笑了笑："沈千墨也不知道是怎么就被你们几个给迷惑了，竟然会和你们为伍，真是丢尽了所有创世学生的脸面。所以我们特优一班便决定来领教下十三班的魔力。"

郑希怡从口袋里取出一张贴纸，对四人亮了亮，上面"战书"二字清晰可见，她一掌拍在面前的课桌上："我们向你们提出挑战，接受还是认输？"

"如果认输，就赶快主动地退回到你们的世界！"

顾惜睁大眼睛，虽然早就知道在大家眼中，十三班和他们处在不同的世界，但那种泾渭分明在这一刻显现的太过明显，他们和沈千墨的接近有那么罪大恶极吗？

接受或是认输都不是她想要的选择，她不想和任何人为敌，也不想被任何人欺负。

"接受。"提着行李箱的男生懒懒地倚在门框上，门口有风吹过，他宽大的白色衬衣随风舞动，几天马不停蹄地奔波，却没有半点风尘仆仆的样子，依然风度翩翩，见所有人的目光都被他吸引，男生偏头，并起两指在前额对众人俏皮一礼。

"千墨……"

"阿墨！"

几个男生看到好朋友回来，本来想要热烈的拥抱，却因这个形势尴尬停止，只能轻声喊着他的名字。

沈千墨绕过堵在教室前面的一班成员，悠闲地转到顾惜身侧，一如在公证会场那般，无视所有惊诧不满的视线，只径直向孤立无援的女生走来。

"无论什么挑战，"沈千墨吊儿郎当勾起旁边女生的脖子，嬉笑的表情逐渐变得严肃，"我们十三班都接受！"

被千墨突如其来的亲密动作吓到的顾惜，听到他的话后又再次受到了惊吓。不只是顾惜，在场的每一个人都有些不明所以。

"什么……你们十三班？"

"没错啊，我们十三班。相对于只会咄咄逼人、以强凌弱的天才班级，我倒更愿意加入单纯无害、不威胁任何人的吊车尾团队。"

沈千墨从裤子口袋里掏出银色名牌，在空中扔出一道抛物线，那名牌直直向坐在椅子上的郑希怡飞去，郑希怡下意识地伸手接住。

"我宣布退出一年一班，加入十三班。"沈千墨挑眉。

"不是吧！"

"啊……"

因为沈千墨毫无征兆地宣布退出，整个场面变得失去控制，这个像太阳一样耀眼的少年一直是所有人的偶像，班级里的每个成员都以和他是同班同学为荣，能进入创世的特优一班是多么不容易的事，这般轻而易举地说退出一班进入十三班，实在是大脑短路。

要知道，每一届十三班的存在都不会超过一年，这已经成为创世心照不宣的定律。

好言相劝、嗤之以鼻，还有失望叹息，众多声音掺杂在一起，嘈杂中，顾惜偏头注视着随意用胳膊勾住她的少年，在漂浮着细小尘埃的空气中，他侧脸的轮廓散发着一种光芒，连鼻尖上细微的汗珠都是那么美好。

特优一班里，唯独郑希怡沉默着没有说话。

突然，她握着沈千墨的名牌怒气冲冲地站起身，气愤的声音盖住了所有议论："既然如此，那就一起接受我们的挑战！参加'魔鬼游戏'怎样？"

"赢的一方留下，失败的一方就退学！"

"没问题。"真是心有灵犀，这次是顾惜他们四个人不约而同地回答。

虽然留在创世对作为吊车尾班级的四人同样重要，但就像上次顾惜在篮球场所做的决定一样，因为畏惧就不接受挑战，眼睁睁看着同伴被欺负嘲笑，这样的事情大家实在是做不到。少年们在异口同声之后，有些诧异地互相看了看其他人，然后开心地大笑起来，原来不只是自己，所有人都是这么想的啊。

可是这个赌局，似乎赌得有点儿大呢。

魔鬼游戏，这是近几年非常火爆的智力电视节目，规则残酷，挑战极难，只有魔样的人才能成功。

所以，拭目以待。

第七章

无敌
五人组

沈千墨执意退离特优班级加入十三班，以及两个班级要参加电视节目"魔鬼游戏"进行PK的事，真算得上的创世建校以来的特大新闻，在学院引起了巨大的轰动。

因为是世界顶尖学院创世的首次推荐，"魔鬼游戏"节目组破例同意让两支团队插队参加，并向学院表示期待和感谢。这种拉出了校园的比试，再次提高了学院师生们对这次魔鬼游戏的关注度，不怀好意的流言蜚语更是铺天盖地而来，几乎是不用比赛人们就已经预见了结果，大家都等着看顾惜几人灰溜溜地离开。

对于失败了也要一起退学的沈千墨，众人只能叹息一句：他的年少轻狂也要付出代价。

从王子变成贫民的案例，沈千墨是创世建校来绝无仅有的一个。

沈千墨自那日搬入十三班的废墟宿舍起，就放弃了所有特优生的特权，在综合实验楼的专门研究室收回，额外的导师点对点辅导就此结束，自由借阅其他班级无法看到的珍贵书籍的权利也被剥夺。

不少同学偶尔在学院遇到沈千墨的时候，都会发出一声惊叫，原来的阳光美少年怎么这么几天就瘦了、忧郁了、憔悴了……十三班简直就是魔窟啊！

落魄的天才偶像，越发成为传言关注的焦点。而沈千墨现在这种眉头紧锁、形容憔悴的形象，其原因却绝对是大家意料之外的。传播谣言的好事者，往往都无法靠近真相。

沈千墨这次外出查找文件，带来的很多都是坏消息。他去了顾惜爷爷之前居住的宅子，花了几天时间把书房里所有的资料和文件全部扫描，在扫描同时，他进行了粗略的整理，结果他发现了一个可疑之处，就是学院有一个代号"黑天鹅"的计划。

而这个黑天鹅计划的隐秘程度完全超乎了想象，他在顾惜爷爷家并没有找到哪个文件完整地讲过这个计划的具体内容，所以，这才是最大的可疑之处。

在千墨分享了所有资料后，五个人除了正常上课，其他时间就窝在小木屋一页页翻看扫描文件，不吃饭不睡觉，终于在第三天晚上，让他们从众多蛛丝马迹里拼接出重大的发现。

他们怀疑的事情，竟然真的和黑天鹅计划有关系。

深夜，客厅柔和的灯光照在五个脑袋凑在一起的少年身上，打印纸如雪花一样散落得到处都是，屋子里乱糟糟的，连落脚的地方都没有，陪着主人几日没休息的"马铃薯"早就失去活力，只得趴到墙角充电去了。千墨摊开大家找出来的线索，用记号笔一个个标出，进行整理，明暗交织的颜色在格外的静寂中演变成一种浓浓的紧张。

时光在窗台上慢慢扫过，沈千墨垂头收回手里的记号笔，神色默然。

大家默默地审视着，突然，顾惜带着黑眼圈从一大堆咖啡罐中间跳起来，差点儿就将放在地上的电脑踢翻，她指着屏幕，语无伦次地说："你们看！果然是阴谋！他们是被……可是……贝叔叔？这怎么可能？"

不光顾惜已经知晓发生了什么，粗线条的白晓米、智商不输沈千墨的唐宿，连缺乏常识的卫寻也已然看到了真相。

被顾老校长禁止的提案……需要最最顶尖的全能天才……寻找改变世界的神奇密码……这些被沈千墨在不同文件里划出的只言片语，一字一句拼凑出这个可能在顾惜爷爷病重时，就被贝校长偷偷进行的提案，也就是所谓的黑天鹅计划。计划内容就是把学校里最优秀的学生带走作为实验对象进行研究，用生物科技或者物理技术寻找出把人类进化成全能天才的方法。

而顾老先生病重，彻底不再过问学院事务的那年，也正巧是周子楚学长消失的那一年。

唯有这般解释，所有的疑点才可以被全部解开，但这样的真相实在太过可怕和让人难以置信，顾惜依然有些犹疑："我觉得……贝叔叔不可能这么做。"

"有什么不可能，别忘了从入学典礼时他就开始和我们十三班针锋相对，在作弊事件时还提出那么过分的方案，企图让你名声扫地，我们经历的多少不顺利，都有他掺杂在其中，与其说是秉公执行，倒不如说就是一种发自内心的厌恶。"唐宿一针见血地指出真相。

"顾惜，他比任何人都想要让我们退学，他根本就不是你的朋友。"卫寻面无表情，说出的话却让顾惜彻底沉默。贝校长推动学院只收取精英学员制度，虽然在爷爷的强烈要求下对外保留了十三班这样的特殊班级，但依然能看出，唯有天才优等生才可以对社会有所贡献，这才是他真实的想法。此后他完全掌控学院，执意启动被禁止的提案，一意孤行地想寻找改变世界的神奇密码的做法是完全有可能的。

白晓米什么话都没有说，只是贴心地伸手拍拍顾惜的肩膀，给了她一个安慰的拥抱。

沈千墨从地上坐回沙发，他疲惫地揉了揉眼睛："问题是根本就没有证据来证明学院这么做了，所谓的被国家秘密培养的学生们去了哪里，我们也并不清楚。"

"所以呢？"

"所以我们要去入侵学校网络，看能不能进入贝校长的电脑，那里可能有些我们不知道的秘密说不定。"沈千墨交叠着双腿，敲着脑袋给出了建议。

几天的查找总算有了眉目，顾惜他们点了点头，同意按沈千墨说的办。

虽然寻找失踪的前辈们的确是头等大事，但眼前要准备迎战"魔鬼游戏"更是迫在眉睫，如果一个月后的初赛被淘汰，他们五人可是要按约定卷铺盖直接退学的，就别说要留在学校里寻找什么线索了。

经过商议，五个疲惫的少年制订出最终的计划：由完全不需要突击训练的沈千墨、唐宿去尝试入侵学校内网，顾惜、白晓米和卫寻则开始恶补各自的弱项，进行为期一个月的死亡训练。

几天时间全部花在研究文件上，几个人被折腾得人不人鬼不鬼的，顾惜和白晓米在终于定好计划后，回到寝室倒头便睡。两个女生一直睡到了第二天下午，才混混沌沌地起床，准备去吃点儿东西。

小厨房又飘出了香味，从隔壁男生宿舍寻香而来的"西兰花"乖乖地蹲在厨房门口，两只眼睛直勾勾地盯着顾惜"滋滋"作响的平底锅。顾惜的煎鸡蛋可是一绝，她的独门手艺——香番茄沙司煎鸡蛋，还有昨天从学院餐厅外带的奶酪布丁，是"吃货米"最热衷的食物。实在是受不了"吃货米"还有"西兰花"楚楚可怜又炙热的眼神的注视，顾惜将自己的那份煎鸡蛋一分为二，摊在一人一猫的盘子里，这才感觉浑身没了压力。

两个女孩子在餐桌进餐时，发现节目组前段时间送来的信函还摆在餐架上没有人动过，顾惜叼着吐司拆开了这些不被关注的信件。十几页纸，洋洋洒洒的几十条条款，全是些注意事项和免责声明，之前一直在国外的顾惜对"魔鬼游戏"略有耳闻，但只是听说每年的游戏都玩得不一样，唯一相同的是规则的严苛又残酷。有不少人在录制过程中因为失误造成意外，流血事件时有发生，这也是为何这档电视节目在受人追捧的同时还饱受争议的原因。

可是这些对于从小和意外危险相伴的顾惜来说根本算不了什么大事，顾惜漫不经心地随手翻到最后一页，才终于发现和今年游戏有关的东西。

"初赛为团体赛，从各院校推荐的团队中选出排名前三十二的队伍，这三十二支队伍再进入复赛，复赛分为五轮单人比拼战，哎，让我单独和别人PK简直毫无胜算的感觉……"顾惜念着念着就蔫了，再翻翻规则，发现他们还要找个领队，好在游戏进行时和节目组做电视直播的聊天互动。

这不明摆着还要让讨厌的Miss Morry也加入进来吗？简直是烦啊！

"这个电视节目一直都是选手做游戏，比较热门的团队领队向主持人做介绍，这样有助于提高游戏选手的人气，你不知道吗？"

顾惜看着一脸无辜叼着叉子的白晓米，愣了几秒，迅速开启了暴走模式："我又不常在国内我怎么知道啊！Miss Morry这个谁去搞定啊！"

"在我看来，没什么麻烦是不能被顾惜解决的，嘻嘻嘻……"

"啊……简直要疯掉了！"

已经早早起床开始补习弱项的卫寻在隔壁听到地动山摇的一声尖叫，赶紧摘下耳机细听，却什么都没有，于是又戴起耳机继续……打起瞌睡来。

在顾惜、白晓米、卫寻三人忙忙碌碌间，初赛的日子到来了。幸好开始是团体比拼，顾惜三个人都在偷偷地打着小算盘，要沈千墨以一当十，唐宿以一敌五应该也是可以的，不过大家这个想法似乎早就被沈千墨看穿，所以每次顾惜和卫寻稍稍偷懒，都会遭到沈千墨斜着眼睛，一阵唐僧念经般的叨叨。唉，原来美少年骨子里其实是大妈本质，这也真让人跌破眼镜。

十三班的五个人这一个月过得真不容易。

在临近出发的时候，唐宿、白晓米和卫寻无耻抱团，直接推出顾惜和沈千墨去Miss Morry的办公室，找她沟通担任团队领队的事宜。虽然这个魔鬼老修女不可能为团队做出一点儿贡献，但在这样收视率极高的全国电视直播中，没有领队也实在是太说不过去了。

魔鬼的办公室在办公楼一个类似地下室的地方。和她的性格一样，不用进门都能感觉到办公室的格调阴沉，和整个学院的一切都格格不入。

虚掩的门透着黄色的光，顾惜有些犹豫地推开门时，那个女人正一动不动地站在书架前，背对着他们，似乎沉浸在自己的思绪里。依旧穿着中世纪的黑色长裙，如同少女的身材，左手食指和中指处夹着的女士香烟，正袅袅燃起烟雾。

一直以为魔鬼是个禁欲得像修女般的人，他们还从不知道Miss Morry也抽烟呢。

推门的吱呀声让女人回转了头，在看清门口站着的是自己学生的时候，Miss Morry慌忙将香烟扔到地上，用脚踩灭，然后恢复了仰首挺胸的姿态，用一贯冷漠的语气询问他们来这里干什么。

顾惜小心翼翼地说出了意图，回答果然是拒绝。

本来顾惜还要继续劝说，但沈千墨悄悄制止了她，低声道谢之后就拉着顾惜走出了这间令人心情沉重的办公室。

"喂！你干吗啊！如果十三班的班导不做领队，我们就更不能指望任何人了，比赛时连个领队都没有，简直就是……"

深秋迷人的味道渲染了整个创世，阴暗的办公室和外边明亮的阳光简直就是两个世界，沈千墨拉着顾惜走到一株飘着落叶的梧桐之下，才停了下来。

他背对着顾惜："你没有发现Miss Morry有心事吗？她可能心里埋藏着比我们任何人都深的秘密。"

桌上喝了半瓶的酒，手里点燃的正抽着的烟，还有那个女人在他们进来转过头来的刹那，没有来得及掩饰眼神中的悲戚，沈千墨可是看得清清楚楚。

这是个不想被任何人打搅的悲伤女人。

沈千墨带着Miss Morry不予参加的决定回来，大家也并不感到十分的意外。这次，Miss Morry更是简洁得连飞机都不送了，直接在离别的头天晚上将五个人喊到办公室，优雅地喝着英式红茶，简短地叮嘱了几句就打发五个人走了。

那天所见的香烟和红酒，还有魔鬼眼里的悲伤，仿佛都是沈千墨的错觉。Miss Morry仍旧是强大冰冷得欠扁的魔鬼。

出发的日子来临。参加"魔鬼游戏"的人员从学院出发前往金城。和顾惜几人一起乘坐巴士的特优班团队，由金主任领队，几名金牌辅导老师跟随。失去了最强劲的主力沈千墨，特优班的五人是按照排位第二到第六的顺序集结起来的，万年老二的郑希怡自然成了队长。

上车经过十三班五人的时候，除去郑希怡的其他几个参赛同学看到沈千墨，都低下头加快了脚步。沈千墨倒是完全不介意曾经的朋友变成陌生人，他坐在车上，带着卡哇伊的熊猫眼罩安静地休息，一直到下车都把自己当成隐形人。

在金城进行初赛的中心广场布置得庄严盛大，鲜花气球布满了会场的外围，中间空地被数不清的盖着黑布的桌子占据，三步一个记者五步一个摄像机，几乎没有任何富裕的空间。熙熙攘攘的人群中，不少挂着牌子的工作人员在挤来跑去，一百来支从全国各地奔赴而来的学生队伍，待在广场四周特设的休息区域，礼貌又隐晦地打量着其他对手，每个人都各怀心机。

中心广场外围，前来助阵的热心观众人山人海，创世的两支参赛团队在比赛的中心广场一亮相，就引起了所有媒体和观众的关注。郑希怡等人身上穿着的创世校服走入比赛场地，人群立即沸腾起来，激动地呼喊声铺天盖地传来。

已经在进行现场直播的节目主持人，见到今年最具期待的团队到来，立刻拿着话筒招呼着拍摄团队跑了过来。

不少其他媒体的摄影师和记者也闻风集结过来，身处入口处创世的少男少女们在闪光灯下已然成为了全场的焦点。

走在前面的特优班五人很快就被围拢在中心，主持人率先把话筒伸向明显就是团队灵魂的郑希怡，而郑希怡也不愧是一入学就担当学生会骨干的人物，节目主持人提出的几个问题，她答得专业又妥当，长发飘飘的精致美貌更是为她加分不少。

顾惜拉着沈千墨等人正准备偷偷离开，还在采访郑希怡的主持人就急急地让身边工作人员伸手拦住，顾惜注意到摄像机正转向自己这边。

突然失去关注，"女王殿下"自然很不高兴，冷冷地哼了一声，就领着自己的团队仰着头走出了媒体的包围圈。

不过敌人的不开心就是自己最开心的事，顾惜故意无视郑希怡的黑脸，停住要离开的步子，大大方方地向把话筒递到她嘴边的美女主持人点头微笑。

"你们是创世的第二支团队吧？你旁边的这位帅小伙就是学院里的最强少年沈千墨吧？哇哦，今年这次游戏简直太值得期待了，要拿到'魔鬼游戏'的冠军是不是很有把握呢？"

"我们觉得尽力就好。"

顾惜偏头说完，主持人示意让镜头拍摄一下旁边的几人，忽然发现有些不对劲："你们参加初赛的领队是……"

不是个很好解释的问题呢。

来的时候还在纠结该怎么向节目组说明这个情况，顾惜想了许久也没想出什么好理由，现在突然被问到，也来不及再找借户口了，便一把推过不想面对镜头，一直低着头用脚在地上画圈圈的偶像少年："沈千墨，你不是说准备为'魔鬼游戏'节目拍一组宣传写真吗？夜叉这个角色他可能会接受哦！"

被猛地推到前面来的沈千墨瞪大了眼睛，恼怒地盯着顾惜。之前节目组知晓在平模界名气不小的沈千墨也来参赛，像打了鸡血样的疯狂邀请沈千墨为他们拍一些宣传照。这固然是好事，只是今年的宣传主题是夜叉，扮相要走丑陋恐怖路线，沈千墨自诩阳光美少年，坚决不接受这般毁灭形象的邀约，导演组几次电话后，直接被傲娇的少年拉进黑名单，现在倒好……

"顾、惜！"沈千墨从牙缝中挤出女生的名字，然后瞬间就被惊喜交加的主持人扯到了他一点儿都不喜欢的夜叉主题去了。

顾惜在心里为沈千墨画了个祝好运的十字，便和白晓米、卫寻偷偷退了出来，一起寻找着自己团队号码的地方。

每一个参赛团队都在一组太阳伞下，白色的布艺沙发环成圆形，中间的玻璃桌上摆放着提供给选手们的饮用水和一只电脑显示器，现在显示器上暂时闪烁着鲜红的"魔鬼游戏"几个字。

卫寻把一直抱在怀里的"马铃薯"放到了桌子上，唐宿则目光紧紧锁定着不远处盖着黑布的桌子，一会儿的比赛一定会在那里举行，但会是什么内容呢？

随着直播时间的慢慢临近，广场上的工作人员也在渐渐加快奔跑的速度，灯光、摄像全部调动起来，即将出场的评委都在补妆，被主持人抓走的沈千墨也很快摆脱纠缠跑了回来。

相对于每个学院对自己参赛选手，甚至整个学院都倾巢出动的重视，连比赛规则是什么都还没太搞清楚，就一直在商讨作战计划的五个少年这边，在整个场地里貌似是最安静最冷清的地方。

顾惜和沈千墨只能苦笑。

"观众朋友们，大家期待已久的'魔鬼游戏'，马上就要揭开帷幕了！"

显示屏上"魔鬼游戏"的字样消失，转成在现场的女主持人近景。用不停喝水消除紧张的白晓米，戳着机器狗神游天外的卫寻都将视线转移到了桌面的显示器上。

"今年参加'魔鬼游戏'的一共有来自全国各地的一百五十支精英队伍，我们还是遵循优中选优、强者至上的原则，初赛将淘汰掉超过三分之二的团队，所以这是一场非常激烈的淘汰赛！现在就由我来宣读初赛的游戏规则……"

屏幕上主持人的面孔消失，换上了文字说明。场中一百五十张桌子上的黑布全部掀开，顾惜看到上面摆满了奇形怪状、五颜六色的积木。

似乎就是让他们堆积木。

初赛规定每支队伍要在四十分钟内用这些形状不规则的积木搭出一座

高达一点五米的塔，并且还要在搭建积木塔的同时答出尽可能多的题目，如果在时间耗尽前，搭建的塔能达到要求，则所有的答题都算作有效，只有有效答题的团队才能比拼正确率和答题数，如果连塔都搭建不起来，则直接淘汰。

"所以说，这次比赛不光是答题要快准狠，搭建积木塔也是同样重要。"沈千墨最先找到赛点核心。

这些看起来根本就是三角形、四边形，甚至都说不出形状的积木，需要找到镶嵌组合的规律，再利用好这些规律来搭建一座一点五米高的塔并不简单。若是在搭建到一半的时候就因为塔基不稳需要重新再建，那么就可以说是失败了。一点五米高的积木塔，要在四十分钟这么短的时间内搭建完成，只可能有一次机会。失败了，就不可能重新再来。

所有规则解释完毕，引导员来带领团队进入场地。

陆陆续续从太阳伞下走出的少男少女们都摩拳擦掌，扫视对手的眼神里都带着优等生特有的孤傲。

大部分的团队都是三二作战，三人建塔，确保最终答题有效，再由剩下的最强两人一起答题。十三班若是能发挥沈千墨和唐宿两人的长处，再由其他三人在主场建塔是最棒的组合，但白晓米这种神经大条的女生，她仅仅是靠近这张桌子一米之内，大家就会感觉到要发生大灾难。而若让沈千墨和白晓米去答题，本来参赛的就是优中选优的团队优中选优的选手，白晓米的水平哪怕恶补一年也还是差别人一截，恐怕塔建好了，答题数目也无法入围前三十二名。

十三班的最终方案是沈千墨、唐宿、白晓米作为答题选手去赛场另一边，留在主场的顾惜和卫寻负责完成建造积木塔。

"真是抱歉……可是我真的不能留下来帮助你们吗？你们两个人真的可

以吗？"白晓米对自己不能为团队做出贡献而愧疚。

"没关系的。这里放心交给我们，别忘了，卫寻可是动手方面的专家。"顾惜拍拍好友的背，然后将她向另一边的高台推去："去吧，加油！"

"加油！"

五人在分叉处告别，顾惜和卫寻朝着自己的116号桌走去，等到走近了，他们才发现自己的想法还是简单了点儿。

这些像小山一样堆积的积木，密密麻麻的，完全都是不同的形状，而它们的匹配度堪比拼图，两块积木需要找到唯一的彼此才能结合成为一个整体，如果一个部位咬合不准，那么整个积木塔就完全无法牢固地支撑起将近一人的高度，对于每一块积木的记忆，空间的构造想象能力，还有动手的速度，以及团队的协作配合，都直接关系到最后的结果。

这看上去是三个人都可能完成不了的任务。

整场人员已经就位，比赛正在十秒倒计时。

十，九，八，……二，一。

铃声响起。顾惜的鼻尖上滴落下汗珠。

"卫寻，这个真的只能靠你了。"

"嗯。"

随着比赛开始，广场上除了走来走去的主持人的脚步声，只剩下翻动积木的声音，每个伏在桌子上研究着怎么建塔的男女生都进入到自己的小小世界里，他们疯狂地找寻着每一个形状匹配的那个齿轮。

对着这堆东西完全是一团乱的顾惜，看着卫寻纤长的手指在桌面上划来划去，她能做的只有将少年抛开的错误积木移得更远一点儿，然后将还没有翻动过的新积木从桌子的另一端迅速搬过来，脑子没有，那就做个体力上的辅助吧。

少年似乎是在记忆每一块积木的形状，挑挑拣拣扔成一堆一堆的，当其他组的人都开始拼凑并有了些高度的时候，顾惜他们这边还在翻零件。说不着急是不可能的，顾惜心里慌张，眼皮也开始狂跳。但除了跟着卫寻的节奏，她没别的选择。

快二十分钟了，卫寻才翻动完最后一块积木："好了，顾惜，我们开始搭吧，把第一堆搬过来。"

顾惜狠狠地点头，赶紧按照卫寻说的做。

神奇的是，就在别的队还如同蚂蚁筑巢一样的缓慢搭建、冥思苦想之时，他们这边就像开了外挂，转瞬之间一座高塔就平地而起。

有如神助的速度，让周围几个桌子的选手都不由得瞠目结舌起来。形势瞬间发生了逆转。主持人也注意到这边的情况，整场中八成摄像机的焦点已然对准了顾惜的团队。

"这就是首次参加比赛的创世学院派来的团队之一！在场上很多支队伍连积木塔的一半都没有搭起来的时候，这组只有两人的团队却几乎就要完成它的高度了。我们再看看那边场上的答题计数器，哇！116组的答题正确数也是霍然排在第一位，下面我们请出116的领队来给我们介绍下这五个选手的情况……啊，对不起，我忘了，他们这队是没有领队的，但是在答题区的沈千墨，想必大家都太熟悉了……"

女主持人喋喋不休地夸赞引起了场上的躁动，时间所剩无几，排名在三十几名的几个组，无论建塔也好答题也罢，都在进行最后的角逐。

在还剩五分钟的时候，卫寻和顾惜一起搭的积木高塔只差几厘米就完成了，所剩的积木越少，速度也越快，用双手护着一米多高木塔的顾惜扭头看着答题区116号遥遥领先的计数器，基本上已能确定初赛告捷。

刚松了一口气，一阵嘈杂的吵闹声和女孩子此起彼伏的尖叫声就打破了赛场的安静，骚动从一个点发散到全部场地，整个局面混乱不堪。

还在顾惜这边的主持人也不知道发生了什么，她赶紧持着话筒向混乱的地方跑去，从她一边奔跑一边急急的讲述中，顾惜才知道，原来在三十几名徘徊、处于晋级或不晋级临界点的队伍，派出选手，趁对手不备，将其他桌上已经快搭好的积木塔直接推倒。

他们是在用摧毁名次靠前的对手的方式提高自己的排位。

"自己没有其他人优秀就去破坏别人的成果，怎么能够这么无耻？这不是犯规吗？"顾惜义愤填膺地瞪大了眼睛。

"可这就是'魔鬼游戏'。"卫寻目不转睛地盯着还有几十块的积木，手不停歇地说。他们两个人只要在几分钟时间里，互相配合，集中精力将这些积木小心翼翼摆上去就好。

果然如卫寻所说，评论席上的几个专家并未提出取消暴力侵犯其他队伍的团队继续比赛权利的建议，反而对这种方式赞赏有加，他们还当着全国观众的面说，连自己的重要东西都保护不了的团队，根本就没有资格晋级。在这个游戏里，他们不仅要考验智力与合作，还需要选手们能做到防止一切可能发生的不利因素，比如他人的陷害。

"魔鬼游戏"，没有什么犯规，没有什么底线，所有人要的就是不择手段达到目的，这才是魔鬼的游戏。这个场地是个魔鬼的世界，就是这么冷酷无情，只有适应这里的生存法则的魔鬼才能生存在这个世界上。

顾惜听着专家们振振有词，甚至带着笑意的讨论声，还有那些已经触摸到胜利的影子却突然跌落进谷底的失败者痛彻心扉的哭声，心里越来越冷。

也许大人们说的没错，这个世界就是冷酷无情的世界，但人心却更要因为它的冷酷无情而变得公正才好。

就在顾惜想着这些的时候，别桌的一个男生从远处向卫寻的背后冲了过来，那布满阴谋和快意的笑脸，在顾惜的瞳孔中变得越来越大。

顾惜的耳朵里也传来了在答题区域的白晓米大声尖叫，"顾惜……在你背后还有人想要推倒我们的积木塔！"

现在所有人都对自己的积木塔多了几分保护防范意识，再次突袭已经不太可能。但答题分数遥遥领先的116号队，只有一个男生搭建，一个女生守护的积木塔，却是全场最容易袭击的目标。

这，才是真正的腹背受敌。

"哈！"

凭着微微扫过的风，顾惜连头都没有扭转，直接身体前倾，大喝一声，向后飞起一脚，然后就感到重物撞击到她的脚跟，接着听到有什么东西滚落下台阶的声音。

白晓米通报的准备袭击顾惜的那个男生，正捂着肚子在地上打滚，看情形是疼得暂时还站不起来。

身材娇小的顾惜，在一瞬间爆发出的巨大能量让正冲着卫寻跑来的少年有些犹豫，他在重新思考是否要解决掉116号团队，而附近几个跃跃欲试的团队也有了片刻的退缩。但是那个已经把116号当作目标的男生并没有离去，他在离着顾惜的桌子不远不近的距离转悠着，继续寻找可以突破的时机。

比赛只有不到三分钟的时间了。

为了保护住现有的成果，顾惜几乎将所有的注意力都放在观察有没有偷袭者上，可就算顾惜能一直提防着虎视眈眈看着他们积木塔的对手，但这几分钟的时间内，仅凭卫寻一人之力，似乎也不能完成这个积木塔。

白晓米看见少年手边的积木还有不少。

一直关注这边的白晓米着急得手脚都出了汗。白晓米朝身旁的沈千墨和唐宿伸出手，而两个男生还沉浸在答题之中，丝毫没有关注到主场里发生的一切，所以并不知道顾惜和卫寻两人正处于困境之中。

有些为难地僵硬地收回自己在空中的手掌，白晓米知道自己做什么都好像是在制造灾难。为大家做早餐会烧焦平底锅，睡觉会滚到床底下，就连走路也能踢到石头摔倒……

可是，现在，她最重要的同伴真心需要她的帮助。

白晓米看了看一夫当关的顾惜、又看了看孤身努力的卫寻，面对连发生了什么都不知道的沈千墨和唐宿，她抬腿奋力朝顾惜和卫寻跑去。

"卫寻，我来帮你拼最后几厘米的高度！"

白晓米的声音从远处传来，流着汗水神色肃穆的顾惜抬起头，她看到白晓米那创世学院深蓝色的斗篷在不断地靠近和跳动中绽成一朵花。女孩子海藻一样柔软的长发在空中袅袅扬起。

顾惜怔住，吞下想要反对的话，代之以微笑。

比赛的输赢当然重要，但朋友担忧她，想要帮助她的心情也同样重要，不是吗？

顾惜退出几步，朝已经跑进来的白晓米微笑击掌："那就拜托你了。"

还有两分钟，顾惜毫无后顾之忧地朝仍在观望的男生走去，眼神凌厉毫无畏惧，在男生缓慢后退，还未反应过来她想要干什么的时候，顾惜就箭步上前抓住他的一只胳膊，转身，一个过肩摔华丽丽地使出！

"嗷……"痛呼声响起。

"还有谁想要用卑鄙的手段取得胜利，来，我顾惜，奉陪到底！"

顾惜的宣告成为整个赛场最强有力的威慑，所有的镜头在这一时刻全部转向了116号积木台，顾惜坚定的脸庞成为特写，出现在千家万户的电视里。

没有人敢再去挑衅顾惜的116号桌，甚至也没有人再去推倒其他对手的积木塔。

"叮！"结束的钟声响起，卫寻和白晓米也一起将最后一块积木插入了边角。

白晓米尖叫着跑来，跳到顾惜背上："顾惜！你看，我这次没有制造灾难！还有我们的答题计数器是排名第一的！这就是说我们赢了！"

电视机里热烈庆祝获得第一的116组团队的场面，获得了在现场以及不在现场的所有人的掌声。

千里之外的校长办公室里的中年男人，看着三个紧紧围抱在一起的少男少女，顺手关了电视，将手里的威士忌一饮而尽。

第八章

退赛危机

　　初赛胜利，意味着十三班退学危机暂时解除。郑希怡的特优班团队也是表现不俗，同样也进入了决赛，这几乎是毫无悬念的。

　　但知晓十三班水平的创世学院学生，谁也没想到顾惜的组合能超越天才特优班，在初赛获得了第一。这个第一好像给了所有人重重的一巴掌，打碎了一直以来所有人的信念。大家引以为傲的特优生，被不如自己的差生超越，这一点导致整个学院不但没有欢乐庆祝的气氛，反而阴沉沉的。

　　这些事情顾惜等人都不知道，因为他们取得了第一，几乎全国的媒体记者都蜂拥而上，争取得到他们的采访时间，他们几乎没有一点儿自己的时间。"魔鬼游戏"主办方让第一的团队留在金城几天，为这届游戏多做些宣传。

　　更何况沈千墨这超级名模还答应拍摄宣传照呢不是吗……

于是在初赛结束的第二天一早，沈千墨就被主办方的摄像师、化妆师从酒店绑走，他那浑身燃起怒火的形象，简直和要拍摄的夜叉形象别无二致。

平模界的黄金美少年不愧是业界良心啊。

而特优班领队金主任昨天游戏结束后脸色就不太好，也不等比赛方来人采访，便只留下十三班五人在金城，而后一言不发地带着其他人坐车回了学院。这还是顾惜来创世之后第一次得到自由的机会，她和白晓米决定暂时抛开一切烦恼，好好享受这片刻的胜利，要一觉睡到自然醒。

一大早沈千墨大吵大闹地离开已经够烦的了，好不容易爱叨叨的美少年消失，她正准备抱着枕头再睡会儿，一团毛茸茸的东西就压上了她的脸，又沉又……臭的。

额，真的好臭啊。迷迷糊糊的顾惜用手挥挥，然后就碰到了一个软软的毛球。

"卫寻！你家的'西兰花'竟然坐在我脸上放了个屁！"顾惜一个鲤鱼打挺坐了起来，揪起正要逃跑的罪魁祸首，然后就被它"喵"的一声用爪子挠过来，赶紧松了它的尾巴，讨厌的小猫咪瞬间就从卧室门底下窜了出去，跑没影儿了。

这囧脸猫什么时候来酒店的啊！它不是被卫寻放养在创世学院的吗？

被气得半死的顾惜，连鞋都没穿就开门想找卫寻算账，结果刚一开门，就被不知从哪里冒出来的唐宿稀里糊涂套上了件套头衫，而卫寻这家伙面无表情地提着条牛仔裤站在门外，见顾惜的目光射过来后，顺便踢踢地板上崭新的女式运动鞋。

"刚出门买的。衣服和鞋子应该都还合适。"

"干嘛啊！大早上的沈千墨刚闹完，你们也不消停！"顾惜拉扯着被唐宿强制性穿上身的浅灰色米奇套头衫，正准备将它脱下，唐宿就将腕表移到顾惜面前。

"现在是八点二十分，再有十分钟，金城日报、南方城市周刊，还有不知道哪些媒体的一堆记者按约定就等在这里了。想要接下来的一天都接受采访的话，请回房间继续睡十分钟，想要……"

"快！白晓米呢？她起床了吗？"

顾惜瞬间松了衣服，一把抢过卫寻手里的牛仔裤，根本就不顾还有两个大男生在旁边，直接手忙脚乱地穿起衣服鞋子来，然后就听到隔壁房间里同样怒气冲冲的一声："卫寻！"

看来，囧脸猫这闹钟还真是有效啊……

四个少男少女出现在金城热闹的步行街上，短发女生帅气自信，长发少女大眼睛萌怪可爱，高个的男生身形威猛，在三人身边的纤瘦少年被刘海遮住了相貌，看上去冷气袭人，不过他手里乖巧漂亮的猫咪实在加分不少，这样的组合不由得让行人瞩目。

中间那个可爱少女是穿越来的吃货吧？

"顾惜，那个红红的亮晶晶的是什么？"

"糖葫芦……"

"我要吃！"

"还有顾惜，那个小房子卖的一团团好有人气的是什么？"

"章鱼小丸子……"

"我要吃！"

作为大财团继承人的白大小姐，从未接触过这些街边小吃，现在白晓米满嘴满手都塞满了东西，顾惜和两个男生手里也提满了白晓米要吃的小零食。顾惜及时发现并制止住她还要买份炸鸡挂在"西兰花"脖子上带回酒店的举动。

要是让比主人卫寻还要臭脸的囧脸猫当苦力，还不如自己亲力亲为。

本来想趁着难得的休息机会，好好在金城放松玩玩的顾惜，因为"吃货米"的缘故，只能将四人的行程改为寻找美食之旅了。

"据说金城最有名最有人气的餐厅在海安区的南华路上……"顾惜低头划着手机地图，正左右找着方向，看从那条路上穿过去最简单，手臂就被卫寻拉住了。

"顾惜，我看见这条街的最前面有个人，很像——Miss Morry。"

"怎么可能啊，你是不是几天不被虐，就心里痒痒啊，想她了是吗？哈哈哈！"

顾惜终于逮到机会嘲笑卫寻，来报今天早上被"西兰花"熏到的大仇，她一边笑一边顺着卫寻指着的方向看去，那里一个黑色窈窕的背影和Miss Morry平时的装束格外相似，只是手里拎着大包小包的吃食，感觉平易近人，这不可能是印象里不食烟火的魔鬼吧？！

唐宿也定定地看着卫寻指着的方向。

不大一会儿，女人向拐角走去，那一转身露出侧脸的瞬间，顾惜立刻收回了不屑的反驳的话，肯定了卫寻的意见。

她正是他们十三班的班导Miss Morry。请她作为领队到金城来，她都不肯，自己却偷偷来到这里，到底是为什么呢？

同样看见了班导的白晓米，震惊得把嘴里的鸡腿都掉到了地上。

四个少年对视一眼，一致决定追上去探探究竟。于是四个人立刻拨开步行街拥挤的行人，朝那个拐角跑去，然后隔着不远不近的距离一路跟着Miss Morry，躲躲闪闪，直至来到车水马龙的大道上。

女人在路边打了辆出租车。

在那辆出租车行驶出一小段后，顾惜赶紧从一家小卖部的冰柜后跑出来，也不管是什么车了，直接冲到马路上拦下一辆，都没有给司机反应的时间，直接打开车门，让紧随其后的白晓米、唐宿还有卫寻一起坐了进去。

这么霸气又有效的打车方法，还真是疯子惜的风格啊。

"先生，帮忙追上前面那辆绿色的出租车！"最后坐上副驾驶座的顾惜焦急地指指前方。

"哇！你们几个就是昨天魔鬼游戏的初赛获胜者吧？"

"(⊙o⊙)……"

"你是顾惜吧？"

"(★@ o @★)……"顾惜一点儿都没想到他们几个这么快就风靡了金城，还能有人认出她，甚至记住了她的名字！

"我和我儿子昨天都看了电视，哈哈哈……"被几个少年硬闯进车内的那位胖司机，按正常的反应应该立刻报警，但不知怎么的，在认出顾惜他们来之后，就打开了话匣子，似乎还没有要停下的趋势。

唐宿对顾惜随便拦车的莽撞行为心有余悸，但幸好遇到了"魔鬼游戏"的粉丝，还算幸运，只可惜是个唠叨的大叔。见顾惜已然被大叔的话题缠住，唐宿只好重复了三个人的目的："我们现在有急事，拜托您快点儿帮我们追上前面的那辆绿色出租车。"

胖司机嘿嘿一笑，只见他一踩油门，在车水马龙的路上左避右闪，"杀"出一条通路，不多时就追上了Miss Morry乘坐的那辆出租车。

两辆车一前一后转了很久，直至来到金城市郊，最后在几栋围在一起的大楼前停了下来。这几栋楼前有一片巨大的草坪，周围绿化带环抱，看上去环境不错。

顾惜下车的时候，Miss Morry已经朝着中间那栋楼走了过去，卫寻抱着"西兰花"立刻跟上，顾惜谢过了费心带他们来的胖司机，和唐宿扶着晕车晕到腿软的白晓米也走了过去。

四人穿过绿化带靠近这几栋楼，藏在绿化带后面的牌子才露出了真面目。

"金……顺私人康复治疗中心。"卫寻从上往下顺次念道。

顾惜鄙视地看了眼机器少年："大哥，我要被你的识字水平打败了，那个字念鑫，是鑫顺私人康复治疗中心好吗？"

卫寻无所谓地耸肩，三个人加快了脚步走进这个设施完备的私人疗养院，他打头推开Miss Morry走进的那个玻璃门，里面是一个偌大的接待大厅。宽敞的大厅里，靠墙地方放了盆栽和沙发，中间空荡荡的适合病人走动，顾惜看到有两个腿脚不便的年轻人，在几个护士的照顾下在大厅里慢慢移动。

靠楼梯的前台也坐着位护士小姐。她见到顾惜几人进来，礼貌地站起了身。

"请问，几位是？"

"哦，我们是来探望病人的，就是刚刚走进去的那个穿黑衣服的女人带我们过来的。"顾惜自然地指了指连影子都没见的Miss Morry走去的方向，说起谎来脸不红心不跳。

"那请问你们几位都叫什么名字？我这里需要看有没有登记你们的来访权限。"

"还需要来访权限？"

"嗯，出于对病人的一种隐私和安全保护，只有病人家属登记过有来访权限的人才能来这里探望。"

"啊……"尴尬，早知道就说是送卫寻这个孤独症儿童来看病，做做康复治疗就好了嘛。

因为没有来访权限，顾惜四人被客气地请了出去，虽然对Miss Morry来这里干什么还是不清楚，但来这种地方的话肯定不会是什么好事。就像之前千墨说的，Miss Morry可能是有什么心事吧。

四个人默默打车回了酒店，一直赖在卫寻手里的"西兰花"又不见了，在顾惜看来，这只长毛生物除了让人讨厌，还拥有神出鬼没的技能。

Miss Morry的出现彻底打乱了几个人想要拥有一个轻松假期的心情，特别是卫寻，去了康复中心的他想起两个学长，开始越发担心，所有的谜题都还在待解之中，哥哥说不定也在这种地方等待自己的出现，他没有时间浪费。

沈千墨的宣传照拍得异常顺利，一天时间就完成了预计几天才能完成的工作，傍晚回到酒店连水都没喝呢，顾惜和唐宿就急着告诉他今天碰到Miss Morry的事，沈千墨也同意了大家推掉采访，明天就一起回校的决定。

随着电视直播和这几日评论的白热化，顾惜的五人组几乎是一战成名，回到学校的第二日再见到学院的老师同学，少年们发现所有人看他们的眼神和之前不一样了。

那种怪怪的目光，让人说不出来是什么感觉。

总之比以前更加不喜欢他们十三班，倒是能肯定的。

在顾惜三人进行死亡训练的一个月里，沈千墨和唐宿入侵学校内网的计划，进展不是很好，虽然所有学校的电脑都能入侵，在把所有电脑仔细搜索一遍后，他们连金道子主任喜欢买洋娃娃的癖好都了如指掌，但是对"黑天鹅"计划却一无所获。

五个人又一次聚在了女生宿舍的小会客厅，为了防人偷听，卫寻把"马铃薯"和"西兰花"全都放在了门口。

"其实贝校长办公室的那台计算机，我们入侵后，发现里面什么都没有，连网页的浏览记录都不存在，所以我们猜测他的那台计算机肯定得到了高手的加密，被如此加密的电脑，可能所有的秘密都藏在里面。"沈千墨无奈摊手，似乎想说什么，却欲言又止。

已经等不及的唐宿早就受不了他磨磨唧唧的说话模式，于是直接把沈千墨推到一边："哎呀！我和沈千墨的想法就是去姓贝的办公室，直接打开他的电脑看看。但是你们知道，那次公证会后，楼里除了厕所，什么地方都有摄像头，门锁也换了，特别是行政楼，全部都是最新式的密码锁，如果连进门密码都不清楚，什么都是白搭。当时'魔鬼游戏'开始在即，时间紧迫，来不及考虑，直到现在，我俩还没想到什么好办法。"

"如果我哥哥卫桥这个计算机专家在，只要让他用电脑连上门锁，无论多复杂的程序，他都可以在一个小时之内破译出密码，但我……"卫寻哀伤地叹了口气，"能力差得太远了。"

不老实看门偷偷溜进来的"西兰花"看到主人不开心的表情，便盯着刚刚说话的唐宿，它觉得就是这个家伙让主人难过，于是萌嘟嘟的囧脸一变，张嘴就要扑上去咬人。唐宿吓得直接手忙脚乱地翻出沙发。

卫寻把猫咪抱到了膝盖上，刚刚有些搞笑的气氛重又凝重起来，的确是棘手的问题呢。顾惜沉默了一会儿说道："如果，我趁贝叔叔不在办公室时找他，让他带我进办公室，不就有机会偷偷看到他开门的密码了吗？"

她要利用贝叔叔对她的信任，认为她还是小时候那个藏不住秘密，毫无心机的小女孩，绝对不会对她有所防备。这不失为一个好办法，但是这种利用，让她的内心充满了歉疚。

如果……这样做能证明贝叔叔是无辜的就好了。虽然所有人都已经不再相信她的贝叔叔，但她还是怀着万分之一的希望，祈祷那个小时候给她偷渡糖果的男人，永远都是亲人。

吃过午饭，顾惜独自去了行政楼顶楼，当然这时候校长不会在办公室。她坐在走廊的沙发上拨通贝叔叔的手机号，告诉他她在他办公室的门口等。这还是顾惜入学以来第一次给贝叔叔打电话。

优雅的中年男人很快就来了，顾惜见到从电梯里走出的贝叔叔，赶紧站起身问好："贝叔叔好！"

"嗯。"男人点点头，迈着步子走到门口，然后按下了密码。

9-0-0-1，站在侧面装作漫不经心的顾惜在心里默念，果然，他根本就没有对她设防。

两人走进办公室，男人指了指顾惜曾经坐过的沙发示意她坐，自己也顺势坐在了对面："顾惜，怎么今天会想到来找我？"

"前几天参加'魔鬼游戏'能以第一晋级，我觉得爷爷的有些东西应该交给学院。"顾惜从口袋里掏出一张纸，从茶几这端递了过去，纸张略微有些发旧，上面用蓝黑色的墨水写着的字遒劲有力。

《差生守则》。这是顾长春老先生亲笔所写。

"爷爷把创世交给贝叔叔之后，还在关心着创世的孩子们，这是他最后的研究心得。我希望能让创世的师生看到这些，这对创世应该会有用的。"

男人托起纸张看了看，然后又放在了茶几上："你觉得是这个守则让你们在'魔鬼游戏'上逆袭了是吗？"

顾惜摇了摇头："谈不上逆袭，我只是觉得……"

男人抬起左手止住了顾惜的话语，他放在膝盖的右手，食指一下下地击打着腿，过了一会儿他才和蔼地笑着说：

"如果没有沈千墨这样的全能天才，没有卫寻这样的思维奇才，你觉得你们还能在'魔鬼游戏'里占尽优势吗？你以为十三班真的有存在的价值吗？笑话！"

听到这里，顾惜手脚变得僵硬。

"优胜劣汰是人类生存的自然法则，为什么猿能从万万种动物中异军突起成为如今的世界霸主，是因为不适应社会发展的物种都被淘汰了，只有强大的智慧的留存了下来。而十三班，是注定要被淘汰的。"贝校长的语气越来越随意："对于一个要被淘汰的群体，所谓的守则根本没必要。如果不是你爷爷对我有知遇之恩，我一开始就不会同意设立十三班，也不会同意收你入学，顾惜。"

"本来这些话我不愿意说出来伤害你，但'魔鬼游戏'这偶然的胜利蒙蔽了你们的眼睛，也使整个学院长期以来形成的信念产生了动摇，作为整个学院的院长，我不得不以大局为重，哪怕你今日不来找我，我也正有话准备要告诉你。顾惜，退出游戏是我对你最好的建议。"

原来如此。

原来，整个学院最盼望我消失的不是Miss Morry，也不是那些同学，而是我最相信的贝叔叔。

所以厌恶弱者的你，真的启动了那个寻找改变世界的神奇密码的提案，抓住了卫桥、周子楚学长还有许敏意学姐作为研究对象是吧？

顾惜真想大声斥责他，质问他，想将心中的愤怒全部宣泄出来，但她还是将所有的话咽了下去，冷冷起身，从茶几上拿起爷爷的遗物，顾惜将整张纸面对男人展开："差生守则第四条——请相信，凡是存在的都是合理的，差生也有光芒。我想说的是，这次'魔鬼游戏'，我们这个不存在的十三班赢定了。"

折上纸，顾惜再也不想看她曾经的贝叔叔，缓缓向门口走去。房间里坐着的男人，悠悠地张口说道："你会后悔今天的决定。"

握住把手的顾惜垂下眼睑，停顿片刻，然后打开门，走了出去。

顾惜回到木屋宿舍，把得到的门锁密码告诉了沈千墨，便如被抽空了所有力气一样，进到自己的房间再也不出来。她昏昏沉沉地睡了一天，大家喊她吃饭都蒙着头不起来，大家也就贴心地不再问她发生了什么，直到白晓米在第二天下午急匆匆地冲进她的房间，告诉她唐宿在图书馆被倒下的书架砸中，受了重伤。

"什么！"

"下午我们一起在图书馆找资料，也不知道图书馆的书架怎么就会倒下，一下子就把还在找书的唐宿压到前面的书架下，沈千墨和卫寻搬开书架的时候，他都已经昏迷了，现在刚刚抬到校医室……"白晓米手忙脚乱地解释着突如其来的一切，豆大的眼泪"啪嗒啪嗒"往下掉。

顾惜从床上翻了下来，顾不得再穿袜子梳头发，直接套上校服蹬上皮鞋就跑出了门。

"校医室、校医室……"顾惜心中默念。

原来这就是你告诉我的，我会后悔的原因啊。

用伤害我关心的人，用除掉一个成员来达到你的最终目的。

贝叔叔，你太让我失望了。

顾惜跑到校医室，身后跟着的白晓米也气喘吁吁地到了，等在门口的卫寻将两个女生领到急救室。卫寻一边走一边说明现在的状况："刚刚医生检查过了，唐宿被撞断了一根肋骨，左手小臂骨折，医生正在给手臂打石膏，至于肋骨的伤，还需要进一步检查，看看是否需要去大医院做手术。"

迅速赶到急救室，双手扶住门框的顾惜看到躺在床上的男生上身的校服被剪开，他偏着头咬着牙，脸因为疼痛而变得苍白，沈千墨低着头沉默地紧握住他的右手。

"唐宿。"顾惜努力平复着悲痛的心情，走到病床边喊着他的名字。

唐宿睁开眼睛，见所有人都到齐了，硬挤着眉头笑了笑："没事的顾惜，医生说还好肋骨没有插到肺里，过几个月就好了。"

说到这里他又收了笑容，眼睛里的愧疚和担忧清晰可见，"但……我可能参加不了决赛了。而且卫寻的那件事我恐怕也帮不了什么忙了。"

"现在还想比赛干吗！好好养病就是了，没事的。"顾惜宽慰地将唐宿的头揉了一下，"一切都有我们在，不要担心。"

这时护士端着盘子走进来，紧随其后的校医看见房间里挤着这么多人，立马不高兴地让没用的人都出去，沈千墨向三人摆摆手，示意他留下照顾唐宿就好，让其他人都回去。

顾惜对医生叮嘱道谢之后，和卫寻、白晓米一起走出急救室，三个人的脚步比来时慢了不少。

还微微抽泣着的白晓米对在图书馆发生的灾难心有余悸，并且一直无法释怀，好端端的书架，怎的就会突然倒了？

"当然是有人背地使坏。"卫寻这次也有些激动，他抿唇握拳，"图书馆也应该有摄像头，我们去查查看到底是谁，这次一定一定……"

"一定不要放过那个伤害唐宿的人对吗？"走在前面的顾惜停住步子，摇摇头："如果是真想这么做的人，怎么可能会留下让我们抓住他的证据？况且，这很有可能是学院、是贝校长的旨意，所以我们现在能为唐宿所做的，只有不要让他失望。"

卫寻叹了口气，连带着白晓米也更加忧伤起来："且不说我们这两天商量了好久的办公室计划要改变，现在'魔鬼游戏'也差了一个人，下个星期就要举行决赛，我们该怎么办？"

"还能怎么办，当然是从现在开始就满世界的找人加入我们的队伍。"顾惜说道。

第二天，唐宿在图书馆被砸成重伤的消息就传遍了整个创世，所有人都在怀疑十三班的游戏之旅是否还能够继续下去。

十三班开始火速找人加入他们的团队，顾惜先是让白晓米印发传单海报，感觉收效甚微，便厚着脸皮亲自去各个班级询问。

失败、失败、还是失败。

每次失败后，不出一秒，顾惜就会让心情再好起来，然后继续诚心诚意向遇到的每个人发出邀请，她几乎是利用了所有的场合，操场、教室、餐厅……

顾惜这样的女生真的是疯子。

初赛毕竟是团体战，取得第一不过是偶然。但是单人比拼的车轮战，相比于郑希怡的全能天才五人组，成绩垫底的顾惜、运动神经严重错位的白晓米、右脑发达左脑偏瘫的卫寻……这样的选手，运气不好恐怕连一轮都挺不过去。

谁都知道加入十三班的这个团队，结果注定就是输，为何要冒着被退学的危险来做这种毫无益处的事，再说，照他们立场，也不可能去帮助十三班呀。

在顾惜急着找人的同时，"魔鬼游戏"主办方向创世两个入围团队发来了复赛单人车轮战的规则和程序的邮件。

为了提升游戏的收视率和紧张程度，"魔鬼游戏"决赛的车轮战分为两周进行，下周两人出战，下下周后三人决出胜负，所有三十二支入围团队的五个人出场顺序，都是主办方随机摇号产生。

下周顾惜组要出战的队员第一个是沈千墨，第二个是卫寻。下下周的顺序是白晓米、唐宿，最后一个是顾惜。

四个人聚在唐宿的病房里，把主办方发来的邮件念给躺在床上的少年听。这段时间最好的消息，大概就是唐宿断掉的那根肋骨没有错位，也没有破坏其他脏器，不用做手术只需要用肋骨带固定，卧床休息吃药做做治疗就好。Miss Morry也改变了点点态度，在几个人都忙着有事的时候，她还主动帮着照料唐宿，老修女眉宇间的厌恶感依旧存在，但是人却变得沉静，不再那么尖锐了。

不论怎样，班导态度的意外改变，顾惜几人都表示接受，至少她是这个学院里唯一在此时伸手相助他们的人。

念完所有内容，看到唐宿出现顺序比较靠后，几个少年心里都暂时舒了口气，但还是愁眉不展。现在离去金城还有三天时间，这周要是找不到队员，下周也不能指望他就会出现。

在几个人都不说话的时候，"西兰花"傲娇地蹲在沈千墨的脚上，最近卫寻心情不好，总是忘记给它喂食，还是美少年沈千墨看它可怜，偶尔照料，于是任性的猫咪一气之下就换了个主人。

沈千墨把胖嘟嘟的"西兰花"拎到窗台上，他看了一眼同伴："其实，我有一个铤而走险的办法。"

所有人都看向拎着不断挣扎的猫咪的少年。

"我们去和金主任说，我们退出'魔鬼游戏'。"

"什么！？"白晓米大声喊了出来，床上的唐宿也因为激动乱动，碰到了痛处疼得"啊啊"直叫。

沈千墨淡定伸出手掌止住大家的惊讶："以整个创世竟然没有一个人愿意帮助和加入我们为理由，向全国的观众发出声明。作为在初赛中夺得第一的团队，这份退赛声明肯定会被大规模传播，全世界都会知晓创世的所作所为。"

"沈千墨说的没错。金主任如果愿意让全世界都知道创世是如此冷漠的学院，他可以选择无视，但如果他以大局为重，为学院考虑的话，一定会帮助我们找到第五个成员。"卫寻顺着沈千墨的思路想下去，茅塞顿开。

似乎是个不错的想法，但强迫找到的这个成员，真的会全心全意地帮助他们获胜吗？和大家一起走出病房的顾惜不免有些担心。

如大家所预料，在沈千墨去找了金主任后，下午一年级就向每个班发了通报：现在十三班"魔鬼游戏"的决赛团队还缺一名选手，希望大家出于对学院荣誉和同学关怀的角度考虑，踊跃去十三班报名，最晚明天，每班至少推荐一名学生到沈千墨处。

金主任黑着脸发出的这个通报还是很有效果，一天时间内，强制被派来向十三班报名的人倒是不少，就连郑希怡所在的特优一班也来了人，当然这个报名者第一个被十三班给pass掉。

等到下午吃过晚饭，所有报名已经结束，沈千墨四人回到木屋宿舍，美少年刚拿出手里报名者的资料，门就被敲响了。

四个人都诧异地抬起头，这隐居在林子里的小木屋，除了总是推门而入的Miss Morry，还从未有过访客。

到底是谁呢？白晓米最先跑了过去，扭动了门把手。

"你？"白晓米打开门，一个戴眼镜的女生低头站在门口。白晓米想了想，她好像在哪里见过这个人，但真的记不起来了。

顾惜也一并起了身，正巧眼镜女生抬起头来，两人的视线交集，顾惜伸出手指，一下喊出了女生的名字："林星！"

"顾惜！"林星也露出笑容。

林星被迎了进去。

自洛河峡谷分别后，顾惜很久都没有在学院里遇到林星了，现在，一起掉入黑暗洞穴的沈千墨也在，三个曾经共同经历生死的人今天聚到了一起。

白晓米从厨房里给林星端了杯果汁。

林星接过果汁，略有些拘谨地坐到大家中间："我今天来，是想说我愿意加入你们的团队。"

"咦？"

"之前是怕同学笑话我和你们做朋友，其实，在峡谷遇险之后，我心里已经把你们当作我的朋友了，但我不知道该怎么和你们说……现在你们遇到了困难，我想我终于有了回报的机会，当然如果你们愿意接受我的话。"

林星的话很诚恳，毕竟一起经历过那么多，与其相信那些被强迫来的报名者，倒不如选择林星。

顾惜看了大家一眼，白晓米抱着靠枕还在迷迷糊糊，卫寻合上所有报名者的资料，沈千墨对顾惜点点头，所有人都没有反对的意思，于是顾惜张开双臂："那么就让我们欢迎林星加入我们的团队吧。谢谢你，林星。"顾惜感动地给了女生一个大大的拥抱。

第九章

夜探
办公室

唐宿重伤退出，林星的救急加入总算是挽救了十三班"魔鬼游戏"的危机。"魔鬼游戏"中途换人这种事还从未发生过，主办方了解情况后，决定对顾惜这个组法外开恩，一来初赛第一的团队是万众瞩目的焦点，要是退出肯定对收视率有影响；二来虽然定了初赛顺序，但具体比拼内容是什么，得到了现场才知道，就是换人也不一定是真能提高赢的概率，所以导演组没再多想就同意了。

两天后，创世的两支团队再次出发去了金城，这一次第一轮就要淘汰十六支强队，第二轮再淘汰八支。

比赛地点是在郊外公园，除了参赛的团队和工作人员，这次还设了观众席，主办方邀请了不少游戏粉丝现场观战。第一场迷宫游戏，占地颇广的公园设立了几十个迷宫方阵，放眼望去甚是壮观，整个场面比初赛时更热闹更宏大。

　　所有的比赛流程都和初赛一样，找到自己的位置后，顾惜这组三个少女围着卫寻又是捏肩膀又是加油，好像首轮出场的不是沈千墨而是卫寻一样，孤零零被遗忘在另一边的美少年抱着胳膊翘着腿，对于几个女孩子的偏心，撇着嘴，全程黑脸。

　　顾惜才没空管沈千墨的小心思，反正他的能力根本不用担心，果不其然，第一场比赛开始之后没多久，沈千墨就第一个走出了迷宫，顺带也解开了迷宫谜题，赢得轻轻松松。

　　等到所有参赛者都结束比赛，主持人宣布晋级的团队后，美少年沈千墨自然又吸引了无数的闪光灯，成为全场的焦点，他下场后扬扬自得地跟顾惜讨拥抱，顾惜还没想好到底是飞起一脚还是送出一拳，沈千墨就已经被金主任给喊了过去。

　　两个人在赛场角落嘀嘀咕咕，顾惜看见金主任说了几句话，然后递给他一部手机，沈千墨耳朵贴上听筒一直没有说话，也不知道那头是谁，在说些什么……

　　"顾惜、林星，卫寻上去了！"就在顾惜一直看着沈千墨的时候，坐在观众席的白晓米突然激动地拍着身边两个女生的手，刚刚的胜利让白晓米还飘飘然，她似乎忘掉了卫寻除了会做机器人之外，其实是个无常识的笨蛋。

　　顾惜立刻将注意力转移到了直播现场，十六个少男少女一字排开，每人手上都拿了一个电子板，看上去像是答题的意思。

　　"各位选手，这轮PK考验的是大家的观察力和平时的知识积淀，只需要几分钟就可以决出胜负。平时我们听歌、看电影、看书，肯定都会接触到'我爱你'这句话，但大家有没有注意到这句话的异国语言怎么拼写呢？请大家在答题板上用你所知道的所有语言，写下'我爱你'，在十分钟内写出最多的前八名胜利。"主持人放下了话筒。

天哪！一般人怎么会注意到这些，除非是外文专业的，还有花花公子们才会专门去学这句话吧！况且卫寻连中文都说得不太好，还指望他能在这种时候赢得比赛吗？更何况这里还有从外语学院来的高手，这项比拼简直是戳到别人强项了吧？

十分钟对于参赛人都很漫长，在两三分钟后，大家几乎都停下了手里的触屏笔，只有卫寻还在哒哒哒地使劲儿戳着答题板。

这孩子该不会是在发脾气吧？顾惜拍着额头，表示不敢再看下去。

十分钟终于过去。

所有的答题板同时关闭了录入功能，在提前立好的大屏上，按次序显示出每个人的答题情况，顾惜看到所有的人基本上都能说对三种语言。

果然是高手如云，什么都会点儿。

总算轮到了卫寻。

"额，请问这位选手，这些都是？"顾惜听到女主持人发出疑问，顿时汗毛立起。

"这些都是机器语言啊。Java、C……因为时间关系就写了四个，用电脑软件运行显示那三个字是没有问题的。"

"但是……"

"提问时又没说语言就单指人类语言，'魔鬼游戏'嘛，连推塔犯规都可以不计较，我这不算什么吧。"

"噗。"低着头什么都没看见的顾惜很不厚道地笑了。

一个上午，两轮比赛通通结束，因为卫寻的"耍赖皮"，节目组还搬出电脑，临时接来了计算机方面的专家，井井有条的现场瞬间忙乱起来，验证通过后导演和评委都是一身大汗，最后验证有效，十三班也因为卫寻的多种语言"技压群雄"而惊险过关。

躺在病床上的唐宿看着直播也知道了结果，五个人下午从金城回到创世后，在校医院里和唐宿一起开了个小小的庆祝会。

"你没看到当时主持人脸上的那个表情，简直精彩！"白晓米拿着鸡翅膀当话筒，学着主持人听卫寻振振有词的辩白时的尴尬表情。

"可不是嘛！我本来躺在床上紧张得要命，结果卫寻你……哈哈哈，额，好疼……"唐宿靠着枕头坐着，一想到这事儿就想笑，一笑身上就疼，结果还没庆祝一会儿，就被顾惜给按到了床上躺了下来。

一向话少的卫寻看着大家开心样子，也露出了笑容，他拿起果汁随意地递给身侧的美少年："现在这种感觉真好啊，好希望这份快乐会一直持续下去。"

一个晚上都出奇安静的沈千墨接过杯子，什么都没有说。

和唐宿一起的聚餐庆祝持续到八点才结束，五个人从校医室走出，十三班住在树林方向，林星则要走相反的路回湖边宿舍，顾惜、白晓米正准备和林星挥手告别，林星就揪着辫子有些犹豫地问道："我可以搬过来和你们一起住，直到比赛结束吗？"

九班的人要住到十三班来？就算是以后要精诚合作，这也有点不符合规定吧？

顾惜想了想，拉着林星的手轻轻摇头："毕竟你是其他班的，擅自搬离宿舍，班导恐怕会不同意吧。"

"不是擅自，我其实在去金城之前就和班导说了我想这几天搬到十三班宿舍来住的事，况且现在回去，大家恐怕也不会太欢迎我……"林星的声音越来越低。

"哎呀！"顾惜还没说话，白晓米就抱住林星的胳膊，开心地跳起来，"既然班导都同意了，那还说什么，多个女孩子我们还热闹呢，对吧顾惜？"

顾惜也笑着耸了耸肩，然后由着白晓米开心地拉着林星一路跑走了。

"今天我们三个一起睡哦！下周的最终决赛我们也要一起加油哦！"跑远的白晓米对着顾惜挥挥手。

真是小孩子性格。

"虽然林星住进来了，但我们后天夜探贝校长办公室的计划一定不能让她知道。"一直被几个女孩子忽视个彻底的沈千墨对卫寻和顾惜说。

"明白。"

第二天中午放学，林星就把自己的东西从九班宿舍搬了过来，那一排前辈们住过的木屋宿舍其实房间不少，再加上今年人少，所以后面的宿舍都改造成几个男生的实验室和运动娱乐的地方，只住几天的林星暂时睡在两个女生房间外面的小会客厅里。

来到的女生带了一堆的书，除了去班级上课的时间，平常就是拉着白晓米和顾惜学习，整个小会客厅被大大小小的书籍摆满了，连插脚的余地都没有。这个热血加入者的状态确实很有带动力，顾惜和白晓米每天恶补弱项，补得头昏眼花还能感觉浑身充满了力量。三个女生相处这几天，打打闹闹过得很开心，唯独几个人秘密开会的场所被占，顾惜和白晓米要时不时躲着林星和男孩子们秘密商议，不免内心有些小愧疚。

两天时间里，十三班又重新计划了晚上的探访行动，唐宿的受伤让本来就很困难的计划执行起来更加艰难，在预定的时间到来之前，叨叨嘴沈千墨又把每个人的分工说了一遍。

"我说沈千墨，你这段时间没事儿吧，安静的时候一天都不理人，不安静的时候我们耳朵都要起茧。"白晓米撅嘴抱怨，然后就被沈千墨像拍"西兰花"一样拍了拍头。

最近沈千墨的奇怪状态谁都觉察到了，从比赛结束回来，他就和以前格外地不一样，顾惜觉得肯定是和那个神秘电话有关。她问了，可沈千墨却总是说没事。

只能希望他是真的没事。顾惜强迫自己放下担忧。

"好啦，那就最后说句加油。"沈千墨笑笑，将手掌伸出来。

三个少年都将手搭了上去："加油！"

天色渐暗，趁林星自习还没回来，四个人就出发去往行政楼。

银黑色的行政楼几乎和夜色融为一体，和其他建筑都颇有一段距离的楼体安静迷人，唯有两旁的路灯微光绰绰。

虽然傍晚不会有什么人来这里，但作为学院的心脏，只有这栋楼是有门卫看管的，并且还要二十四小时值班室监控。所以要人不知鬼不觉地去到顶楼，门卫和监控是必须搞定的。

四个人藏在楼前转弯处的树丛中，看着半透明的值班室窗户内人影晃动，还有电视机里球赛转播现场发出来的阵阵欢呼声。

"白晓米，该你出动了。"顾惜戳了戳身边的少女。

"嗯。"

运动服打扮的白晓米走出树丛，将衣袖和裤腿都撸上去，她尝试地蹬了两下地，然后从转弯处跑了出去，直接在值班室前头摔了个大跟头，人还惯性地翻了两翻。

这一跤摔得太有水平了。顾惜都疼得捂住了眼睛，这种高难度动作恐怕也只有经常摔倒的白晓米才能做得出来吧。

值班室内的门卫听到楼外的惨叫声，赶紧跑出来看看，然后就被坐在地上不能起来的白晓米拉住了衣角。

趁着门卫大叔和白晓米搭话时，卫寻打头，顾惜和沈千墨紧随其后，三个人从树丛的另一边出动，从大楼门口溜到值班室，监控系统就在房间靠楼内窗口的一侧，卫寻按动监控录像，将旋钮拨到回放键，从电脑里找到前天晚上的监控记录，这才按下了播放键。这下，显示屏里播放的就是前天晚上的监控录像，就算他们几个在楼梯走廊里来来回回不停地转动，那个看球赛的门卫回来也不会发现他们的。

　　"走。"卫寻花了几分钟就干好这一切，瞅了瞅还在被白晓米纠缠着的门卫，对蹲在房间门口的两人招招手。

　　出了值班室，三人放弃电梯迅速跑向安静的楼梯，按照计划，卫寻留在楼梯口处放风，顾惜和沈千墨两人直接上楼。

　　为了防止逃生梯的声控灯点亮让外人发现，顾惜两人一直保持着轻手轻脚的状态，就这么慢慢地摸索到了顶楼。

　　顶楼的尽头就是贝校长的办公室，顾惜一路小跑到了门口，看着发出微微荧光的密码锁，她将双手合成十字，心里默念一定别出什么意外。过了这么久，也不知道这门锁还是不是原来的数字，如果不是的话，所有人所做的这一切就白费了。

　　9、0、0、1。

　　沈千墨沉着地按下了这四个数字。然后就听到"咔"的声音，门开了。

　　顾惜心里石头落地，两人无声地击了下手掌，进入到贝校长豪华的中世纪办公室，来到他的办公桌前打开了电脑电源。

　　顾惜对怎么查找一窍不通，她趴在桌上看着沈千墨摆弄着键盘，只能是紧紧捏了一把汗。

　　如果连这里都找不到线索的话，那所有他们能做的也就到此为止了。

　　时间一点点地过去，电脑液晶屏的亮光随着窗口的打开关闭而闪烁，少年的表情也越来越严肃。

"怎么样？"顾惜小心地询问。

"在这台电脑里我没有找到任何关于'黑天鹅'的东西，我现在在查曾经浏览过的网页和聊天记录。对了顾惜，你能帮我看下电话记录，找到比较常出现的或是比较奇怪的号码吗？"

顾惜点头，她转到桌子另外一侧放置电话的地方，一个个地查找起电话记录来。

按着按着顾惜发现这里面记录的号码并不多，但是有一个特别奇怪的，好像不是国内电话的号码常常出现。

"0044是哪个地方的区号呀……"顾惜自说自话的念叨，然后她和还在搜索浏览网页的少年一起反应了过来。

"英国！"两个人指着对方同时喊出声。

"我这里也有很多伦敦网站的记录，"沈千墨又看回自己的电脑，加快了打字的速度，"卫寻的哥哥很有可能就在伦敦，我现在还要详细找找有没有更确切的地址。"

顾惜点点头，对于沈千墨的想法表示同意，她也迅速把电话机里英国的号码记录下来。

这时口袋里有了手机的震动。顾惜掏出来，是卫寻的来电。

"喂？"

"贝校长的秘书来了，虽然不知道是否是去顶楼的校长办公室，但可能性极大，如果门房在他进楼的时候看监控的话，会发现他没有出现在监控里，这样就能知道有人动了监控器。白晓米现在在外面拉着校长秘书说话拖延时间呢，赶紧下来吧！"电话那头的卫寻压低着声音。

顾惜挂断电话重新放回口袋，然后招呼着沈千墨赶紧关上电脑，将办公室的一切都恢复原样，迅速出了门从逃生梯往下跑去。

楼外路灯昏黄，一个高个男人被因为"腿伤"坐在路边休息的白晓米逮着裤腿，无法离开。

白晓米在绞尽脑汁地找话题："我觉得整个学院的这种小道都应该铺上塑胶，这样很适合学生跑步锻炼什么的，要是早铺我今天夜跑也就不会摔倒受伤了。如果说是经费有问题的话，我会向爸爸要求赞助，您能把这个建议向校长提下吗？"

"额……"

"还有，十三班那宿舍也太远了点儿，虽然我很喜欢那里的环境，但还是想搬得和学院的生活圈更近点儿，反正我们这一届好像也没有退学的意向，唉，董秘书，学校不会强制性要求我们退学吧？"

"不会不会……"

"真的没有？为什么一直对我们班差别对待？"

两人下来和卫寻汇合，然后给白晓米的手机震了个响铃。

在外面东拉西扯天马行空的白晓米心领神会，立刻对已经不耐烦的董秘书变了脸色："越想越生气，哎，回去了！"

白晓米从地上歪歪斜斜站起来的时候，顺手捡起一块石头愤愤不平地朝值班室的窗户砸去，这疯狂的举动自然让看球赛的门卫又跑了出来，这时，卫寻三人再次穿过一楼大厅潜入值班室，将回放的监控又拨回正常，看准机会成串从门口溜到了树丛里。

看到三个同伴已经顺利逃出的白晓米松了口气，刚才还生气胡闹的表情顿时变成了委屈道歉脸："对不起，刚刚是我激动了，对不起、对不起……"

两个成年人还能和个孩子计较什么，也就是砸砸窗户发发小脾气，看白晓米一脸诚恳，她又是学院小金主类别的人物，董秘书忍了忍，教训两句就让她回去了。

四个少年过了几个分叉口，总算汇合到了一起。

沈千墨将在办公室里找到的仅有线索全部说出，顾惜也把拿到的那个电话号码给大家看了看，现在事情发展到了这一步，真有些不知所措了。

伦敦，这和中国隔了太远的距离。

而他们现在除了这两个字，什么都不知道。

"我决定了，我要退学。"卫寻突然慢了脚步。

顾惜也停了下来，她不可思议地看着一直以来比谁都更坚定地要留在这里的卫寻："你是想退学去伦敦找你哥哥吗？我求求你不要这么疯狂，在一个陌生的城市找一个被刻意藏起来的人，就算你花一辈子时间可能都找不到！"

"那你有更好的建议吗？"卫寻冷冷反问。

顾惜一时语塞，她的确没有更好的办法。

"不然，我们去报警吧，把我们所了解的情况都告诉警察，然后让他们派人找人。"白晓米弱弱地提出建议。

能将所有线索滴水不漏地掩藏起来的贝校长，恐怕连警察也找不到什么蛛丝马迹，他又作为名流中的名流，是社会精英们教父级的人物，就算是有破绽，谁又会真的将他绳之以法呢？

更何况他们几个现在掌握的线索都是推理来的，连点实质性的证据都没有。大人们是不会相信他们的。

顾惜和卫寻同时否定了白晓米的建议。

"沈千墨，你好歹说句话呀！"顾惜将难题抛给了没有参与讨论里的美少年。

沈千墨抿唇："其实我一直有件事很犹豫。但是，我刚刚做了个决定。"

所有人的视线都集中到灯下的少年身上，他双手插兜，低垂的发丝和黯淡的光线完美地遮挡住他的半张面颊，虽是面容模糊，深蓝色校服还是衬得少年气质莹莹如玉。

他抬起头来。

"在上次迷宫游戏结束后，我接到了一个电话。那个电话其实是贝校长打过来的，他让我一回到学院就收拾东西去更好的地方接受更高层次的培养。我当时并没有答应，说定最晚今天给他答复。"

静静听着的顾惜、白晓米还有卫寻都知道他接下来要说的内容，白晓米更是捂着嘴使劲摇头。

"因为已经知道了这是个骗局，所以我清楚地了解这一去可能就会永远消失，可能再也见不了天日，但如果说这也是唯一的机会，让我的前辈们以及我的后辈们都不要再继续这种命运，我愿意作为诱饵，然后我们大家里应外合一起努力。所以我现在决定对你们说……"少年张开双臂，"我们伦敦见。"

有风吹过，路旁的柳树在欢喜地跳动，菱形的叶子从天上飞落，冷冷的秋夜里，少年黑色的剪影在地上仿佛变成长长的羽翼，如天使一般。

白晓米冲过去抱住少年的腰，顾惜和卫寻也加入白晓米的行列，沈千墨放下手臂拍着几个好朋友的背，努力改变着越来越悲伤的气氛："我真是害怕你们几个不靠谱的笨蛋不能想到办法把我救出魔窟。"

"放心吧。我可是白氏商业帝国的继承人。"

"我是世界上最棒的机器人专家。"

"我呢，是一定会和朋友同生共死的强大顾惜！"

紧紧抱在一起的四个人，终于笑起来，大家拍拍肩膀，决定快些回宿舍让沈千墨和贝校长通电话，定下什么时候离开，然后再一起计划后续的措施。

经过学院操场的时候，一直走在前面的顾惜突然停了下来，她在原地看了一会儿，转头将食指竖到嘴唇上，示意大家安静，然后拉着大家向阴暗隐蔽的地方移去。

"我好像在前面看到了林星，还有……"顾惜指指前方，"郑希怡。"

白晓米不太相信，小心地探头看了看，果然，在铁护栏围住的操场里，两个女生对面而立，其中编着辫子的女生不是林星是谁？

"她们在说什么呢？"白晓米皱着鼻子，准备将身子再往前探探，被卫寻眼疾手快地拉了回来，他也做了个嘘声的姿势，从校服口袋里掏出了只小蜘蛛，在它肚子上摁了摁，小东西就张开腿动了起来。

卫寻把蜘蛛放到护栏上，它八条腿迅速爬动，只一会儿便走得没了影儿，少年又从另一个口袋里拿出蓝牙耳塞，一个递给顾惜，一个递给沈千墨。白晓米也好奇地贴到顾惜的耳塞上。

"滋……你……滋……他们……"刚开始声音还不稳定，卫寻又调了调两人的耳机，很快顾惜就能清晰地听到两人的谈话。

"他们有秘密你怎么不知道跟进了解呢？"郑希怡的语气听起来有些生气。

"这只是我的……猜测而已。"林星的声音很小。

"算了算了，我会把你所说的十三班在秘密商量什么的情况报告给学院的，学院让你去十三班参加'魔鬼游戏'不是为了让你去玩，你要时刻记住下周比赛时要阻止他们晋级的任务。"

"我……"

"好了，今天说这么多太晚了，赶紧回去吧，别让人发现了。"

谈话似乎是到此结束，还好他们几个赶了个尾巴，也获得了很重要的信息。听到此，顾惜和沈千墨赶紧将耳塞拿下来，四个人从来时的路折返回去，换了条路回到了木屋宿舍。

现在大家都知道了林星是学院派来让他们无法获得胜利的卧底了。呵呵，创世什么时候开始这么看得起他们了，从图书馆捣鬼砸伤唐宿，到安插最能够得到他们信任的人去输掉比赛，不存在的十三班居然开始让天才们感到了害怕和危机，也真是奇迹。

但是现在，比赛的输赢对于十三班来说已经无所谓了，怎么找到贝校长的秘密基地，救出卫桥这些前辈才是最重要的事。

至于林星，以后再讨论什么的时候小心防着点儿就是了。

顾惜和白晓米告别两个男生回到自己的房间，林星回来后两个人还是很和善地与她打招呼，但白晓米不再那么亲热地拉她的手，顾惜也没有询问她这一天过得怎么样，所有的一切表面看似没有变化，其实已经再也回不到从前。

沈千墨给贝校长打了电话，同意去更好的地方接受培养，可谁也没料到，第二天一大早就有人来接他出发，没有告知地点、没有告知时间，迅速得连和朋友道别的时间都没有。

慌慌张张从房间跑出来的顾惜和白晓米睡衣都来不及换，还以为要等到"魔鬼游戏"结束后他才会离开的两人现在都慌了神，突然就离开，以后要怎么再联系，他们该怎么做？什么都还没商量呢。随着顾惜跑出来的林星，看到外面拖着箱子要离开的沈千墨，一下子也愣住了。

"顾惜、白晓米。"少年挥了挥手，然后就被带到车里。

"喂！都没和唐宿道别呢，你就这么走了吗？不行啊，明天再出发吧……"再多的保证一定不会放弃你，在这时候都变得很无力了。谁也说不准了，也许，这就是最后一次相见。

这种可怕的未知太让人绝望。

卫寻拉住语序混乱想要冲过去的顾惜，轻轻耳语："我给了他定位手环，借下次出校比赛的时机，我们去找他。"

被突如其来的离别弄得眼眶湿润的顾惜，控制住想要甩开卫寻的冲动，擦擦眼睛，抱着已经哭成泪人的白晓米，任凭那个睿智友善的美少年的身影消失在黑色轿车里。

旁观的林星有些不明所以："沈千墨他，是不参加下周的比赛了吗？"

"是的。"顾惜收起悲伤，将白晓米推向男生宿舍那边，自己也向那里走去："他以后也不回创世了。沈千墨走了，我、白晓米和卫寻今天想一起说说话。"

"那一会儿我做了早餐给你们送过来……"

"不需要！"发现自己语气过于严厉的顾惜缓和了情绪，对林星笑了笑："没事，我们也吃不下，今天就各自休息吧，不看书了。"

说完，顾惜再也没有看身后的林星，拉着白晓米去了隔壁的男生宿舍。从来不知忧愁的一猫一狗，刚才还在卫寻旁边打打闹闹，现在很自觉地站成统一战线，对着林星张牙舞爪，让她不要靠近。

林星失落地看着隔壁的房门，在几个人进入后慢慢合上。

卫寻和唐宿的套间乱得吓人，从唐宿搬去校医院后，满房子就都是卫寻的金属物件了，几只金属小爬虫还在地板上游动。卫寻扫了扫杂乱的地面，扔出两块坐垫让顾惜和白晓米随意找个地方坐坐。两个女生抱着坐垫，看了眼无处插足的房间有些无语。

"我昨天就给了沈千墨一个我自己做的定位手环。"卫寻拿出笔记本，打开后让两个女生看了自己做的程序，"通过这个就能知道他的准确位置。"

黑色放大的地图上，顾惜看到有一个红点在闪烁移动，还在为沈千墨的离开感到悲伤的白晓米也停住了哭泣，紧紧盯着这个红色的点。

"昨天晚上贝校长就告诉沈千墨说一早来人接他，因为林星在，我和他想了想还是先不跟你们说了，不过这一晚上时间，我们已经商量好了后面的计划。"

来不及为沈千墨早知道要离开而不告诉自己生气了，顾惜急忙问道："什么计划？"

"还有几天时间，就是'魔鬼游戏'的最终战了，那个时候是我们最后，也是唯一一次出校机会。别忘了我们没有领队，林星也很好对付，我们就趁着她去比赛的时间消失，不会有人发现的，所以最佳方案就是先买好那天下午去往伦敦的机票。"

卫寻的目光转向白晓米："白晓米，现在这事只有你能办成，你让白氏帮忙搞定我们三人的护照、签证还有机票，护照是假身份也没关系。记得一定要可靠的保密的人办这件事。"

"没问题。我现在就打电话。"白晓米从地上跳起来准备出门，这时门外传来了"马铃薯"连续不断的吠叫声。

顾惜和卫寻有些奇怪，林星不可能在受到警告之后还要硬闯进来，要想继续做卧底，至少得保持表面上的友爱。

已经走到门口的白晓米在两个好伙伴点头后，有些不安地扭动了门把，然后就被门口拎着"西兰花"脖子的黑衣女人吓得一激灵。

"早上好呀，看着那两只小猫小狗都蹲这边门口防贼，原来真的都在这个屋啊。"Miss Morry扔掉了手上乱扭低叫的猫咪，被扔到地上的"西兰花"栽了个跟头，翻过身来再也不敢靠近这个动手毫不留情的女人，只能伏在地上发出呜呜的威胁声。

不请自来的魔鬼毫不客气地踏进了卫寻的会客厅。

Miss Morry现在只是偶尔在唐宿病房才见到，好久都不来木屋宿舍的她不知有何贵干，他们刚才在房间里的谈话，也不知道有没有被她听到。

顾惜按捺住慌乱的心情，勉强挤出笑容："Miss Morry，其实有什么事打电话就行，既然来了就坐坐吧。"

女人有些嫌弃地扫了一眼乱成仓库的房间，站在门口没有想进一步的意思，她优雅地摇摇手："沈千墨走了，我这个班导是最后一个得到消息的，真的很伤心，毕竟他是唯一一个我带过的比较有前途的学生，心里还是很舍不得。既然没能送成沈千墨，我就顺便来看看你们几个过得怎么样了。"

卫寻摸了摸鼻子，顾惜和白晓米在心里默默亮起了红灯。

绝对没什么好事。

"其实是这样的，前两次'魔鬼游戏'我没尽到班导的职责，最后一次活动，学院通知我作为你们领队和你们一起去。而且我听说……"Miss Morry看穿了几个人的不信任，也不再拐弯抹角，直接表达目的后便转身推门，头都不回地摆摆手："你们好像在搞什么小动作，去金城不要被我抓到你们玩什么猫腻。"

顾惜张大了嘴巴。

看着房门渐渐合上，三个人无力地坐回到了地上，顾惜看着电脑里不断移动的红点，叹了口气。

郑希怡果然把林星的怀疑告诉了学院，现在派出老奸巨猾的Miss Morry横插一脚，幸好大家猜测的方向都只放在游戏上，不然就出大事了。

可是现在有了Miss Morry这个领队当监视器，他们要去伦敦的计划该怎么办呀？

"只能走一步算一步了。"顾惜咬唇。

沈千墨走后，谁也没有能够再和他联系上，要不是卫寻电脑上能够标定他的位置，他们几个肯定担心坏了。

他果然是去了伦敦。

顾惜和白晓米没有再和林星一起准备比赛的东西，每天除了去校医院就是往卫寻的宿舍跑，在自己宿舍的时间除了睡觉就再没别的了。虽然顾惜二人还是会和林星说话，但这几天经常一个人待在小会客厅里的林星也察觉到了她们在疏远她。

最后一轮"魔鬼游戏"总算是要到了。

这次不同于之前两次，游戏主办方安排剩余的八支队伍早来两天，拍摄赛前要先播出参赛队伍的宣传片，并且还要接受电视台的访谈节目，既是为最后一战预热，也能满足观众们疯狂膨胀的好奇心。

得到要早去金城两天的消息，顾惜觉得可以在比赛前的这几天找个机会消失掉，但白晓米吩咐白氏的人办好的他们三人的护照和签证，就是再快速也只能在比赛当天才能拿到，所以三人只好无奈地放弃了这个想法。

顾惜、白晓米和卫寻准备离开的时候去了趟校医院，和唯一还留在学院的好友做最后告别，因为他们知道这一趟很可能是有去无回的旅程。

三个人没有将沈千墨以身试险，还有他们也要去伦敦这件事告诉唐宿，按照唐宿火爆又沉不住气的个性，如果他知道这些，那刚刚好点儿的肋骨大概又要再断一次了。直到走出病房的时候，傻乎乎的唐宿还在为他们比赛顺利加油鼓劲。

不过只能让他失望了，这注定是一个无法胜利的结局。顾惜拖着沉甸甸的行李箱，边走边忧心地叹气。

几个人第三次来到金城，感觉和之前很不一样。从下车开始，媒体记者的闪光灯就没有停过，特别是创世的两只团队都进入了最终的决战，媒体对他们的关注度比其他团队高出几倍都不止，这对于十三班来说真不是一件好事。

游戏主办方为创世安排的下榻酒店很气派，酒店方也为了让选手得到更好更安静的环境，特地安排了二十九层一整层给创世的两支团队还有随行人员居住。郑希怡直接为学院老师和特优一班的人挑了向阳视野好的房间，然后将剩下的几个房间钥匙丢给了十三班。顾惜无所谓地接过钥匙，她对这种差别待遇已经见怪不怪了。

就在大家忙着入住时，酒店安保在电梯里抓住了企图趁乱混入的小报社记者，扭送走的时候那小记者还不忘记拍两张照，那表情感觉是逮到了独家新闻一样兴奋。

无孔不入的狗仔队简直比Miss Morry还要可怕。

"卫寻，你有没有隐形衣，依我看这形势，简直就是恨不得在我们身上装上摄像机才好，想中途逃走去机场，简直就是妄想吧？"

安排好房间，扔下行李就和顾惜跑到卫寻住处的白晓米，疲惫地将自己抛在房间里的大床上，她已经联系好家族里的人，比赛那天下午，白氏的人会等在机场，给大小姐送来三人的护照、签证还有机票。

只要能顺利到达机场，便什么都解决了，但除了让自己隐身，白晓米想不到别的办法。卫寻毫不客气地否定了她的想法，失望的白晓米烦心地在卫寻的大床上滚来滚去。

少年在旁边自顾自地打开自己的行李，里面几乎全部都是他的装备和成品，满满两大箱，几乎是带来了整个的机器人实验室。除了这些，随他而来的还有"西兰花"和"马铃薯"，这一猫一狗被塞在箱子里一动不能动，累得够呛，放出来以后连打闹都没力气，直接一人占着一个枕头趴着不动了。

"我们不需要隐形衣，只要蒙上大家的眼睛就好了。"

"开玩笑吧，怎么可能一个个的蒙上大家的眼睛？"

"黑掉演播室的灯就好了。"卫寻扒拉着他的那些装备语出惊人。

这次的游戏地点早就在为比赛预热的宣传片里曝光，不再是户外，而是电视台内部最大的一个演播室，只要找到演播室电缆的位置，掐断电源就能制造现场的混乱，趁乱逃出的机会还是很大的。就算是知道他们会搞小动作的Miss Morry肯定也不会料到他们所要做的是逃走。

顾惜蹲下身，帮卫寻收拾起他挑拣出来有用的东西，算是默认了这个计划。

开着的窗有微微的风拂过，纱帘轻轻飘起，占着枕头的猫猫狗狗、呈大字形躺着懒趴趴快睡着的可爱少女，还有默契配合翻着箱子的两个人，成了这个下午最静谧温馨的时刻。

风雨欲来，恐怕之后再也没有这样的时光。

在金城的几天行程里，Miss Morry带着十三班的三人和林星四处参加活动，所有的采访都是女人替顾惜他们回答，而所有的答案都是假话：他们几个是创世实验教育的学生，连初赛后受伤的唐宿算在一起的五个人独立成班，接受学校特别设置的教育，比大家所熟知的创世特优一班更要被重视……

顾惜才懒得戳穿这些谎言，一个被所有人遗弃的班级，谈什么重视。让Miss Morry出门说这些屁话，不过是学院掩盖他们所作所为的一块遮羞布罢了。

初赛的优异成绩和沈千墨、卫寻两人的精彩表现，让十三班成了夺冠热门，十三班超高的人气指数，远远把郑希怡的特优一班甩在身后，每次出门接受采访都会遇到小粉丝对他们喊加油。

网络上越积越多的粉丝，特地从全国各地赶来为十三班加油，他们比媒体记者还要热情，从四面八方送到酒店的礼物信件在每个人的房间里都堆了一堆，甚至连面都没露过的林星也得到了不少鼓励和欢迎。来到金城的林星，这几天话越来越少了。

在全民倒计时的热潮中，"魔鬼游戏"的最终决赛终于拉开序幕。

被游戏节目组进行了彻底改造的演播室坐满了观众，整个舞台被灯光打得通亮，在后台等待的选手们都能听到前台热闹的人声，本来就紧张的情绪更加紧张，浑身的血液都涌到了一处，一下一下猛烈地撞击着心脏。

漫长的十几分钟后，主持人宣布八支队伍入场。虽然早就知道顾惜那个团队的美少年沈千墨这次不会出现，但真的只见到四位选手出来的观众们，还是发出了遗憾的声音。但很快又被掌声所代替，所有人对十三班的期望溢于言表。

顾惜和白晓米走在Miss Morry的身后，她俩能感觉到在选手休息区落座的郑希怡不善的眼光。顾惜不甘示弱地回了个鬼脸过去。

　　所有人都入场完毕，主持人开始调动气氛，抖些选手们的笑料出来，灯光、摄像头还有观众的注意力都聚焦到场中央的盛装女子身上，很快八支团队参加首轮PK的队员也被请上了台。

　　顾惜和白晓米击了一掌。反正没了必须获得优胜的心思，也没有了压力，尽力就行。白晓米的PK赛刚刚开始，背着包的卫寻也偷偷起身。

　　"你干什么去？"Miss Morry盯着台上的视线都没移开，双手还保持着刚刚鼓掌的姿势，即使这样，还是发现了特意坐在角落里的卫寻要离开的小动作。

　　卫寻倒很镇静："我找不到'马铃薯'了，去外面找找。"

　　"那把你的包放下。背着包在镜头下来来回回像什么样。"女人端起桌上的饮品啜了一口，像是在说件很平常的事。

　　顾惜看了一眼卫寻，那个包里除了定位沈千墨的笔记本，还有他们挑了很久的一些必要工具，其中就有切断电源必须的钢钳，连这个背包都能察觉出有问题……Miss Morry这女人简直就是他们克星。

　　谁知卫寻对顾惜点点头，放下包就避开人群出了演播室。

　　很快，顾惜收到卫寻的短信："幸好开场前我就把必须要用到的东西装到了口袋里，没想到真的发生了变故。等我找到了演播室的电源并确定破坏它的时间后，我会再给你信息。记得逃跑的时候别忘了我的背包！"

　　顾惜不动声色地将手机放回了口袋。

　　这轮PK赛恰恰是白晓米的强项，除了运动，其他方面本来就不差的白晓米看上去很是得心应手，不过在休息区观赛的顾惜完全一副心不在焉的样子，比赛规则和现在的战况她完全都没注意，所有的心思全放在兜里装着的手机上，右手不放心地按在上面等消息。

"顾惜，白晓米好像可以赢。"一直目不转睛盯着场上的林星推了推顾惜。

"嗯。"

"顾惜？"

"嗯？"

林星把注意力收回，转头，望着不言不语的顾惜，她身侧的女生眼皮微微垂着，长而卷的睫毛在灯光下显出有弧度的阴影。

完全神游天外的状态。

眼镜少女收回眼神，她微微皱眉，过了一会儿低低的声音从垂着的脑袋下传出："你们是不是知道了什么？"

"什么？"意识到林星话里有话，顾惜打起精神警惕地反问。

"最近你和白晓米的变化其实我已经发现了，表面上是朋友，实质上什么都将我排除在外，干什么都会避开我……现在连胜负都不在乎了。"

"有你在，还谈论什么胜负。"

这句简单的话震惊了林星，她动了动手脚又张了张嘴，觉得浑身不自在起来，最后她用攥成拳头的手支起前额，连最起码的狡辩都直接跳过："原来真的是知道了啊。"

白晓米微笑着朝顾惜招手，处于游离状态的顾惜虽然整个PK过程都不知道发生了什么，但从队友雀跃的表情，还有主持人祝贺语言来看，肯定是胜利了。

八进四，离成功又近了一步。但——

"你是不会让我们赢的，对吗？"

顾惜的问句倒更像是肯定。短发女生眼里映出整个舞台的明亮，她想起十三班被人怀疑被人排挤的几个月，想起唐宿在病床上为他们加油的样子，想起她这些天遇到的所有喜欢她的陌生人……如果有万分之一的可能，她其实很想在去伦敦前赢得这场比赛。

垂着头的林星从休息区站起来，没有和顾惜说声对不起，没有和下场的白晓米道声祝贺，直接走了出去，去迎接她的比赛。

白晓米坐了下来，Miss Morry阴阳怪气地表示了恭喜，然后继续看着比赛现场。

过了这么久卫寻的短信还没有来，也不知道情况怎么样了。对白晓米点点头表示没事的顾惜，其实有些着急。

第二轮PK开始，游戏方搬上大道具——两个大型"跷跷板"，这个"跷跷板"的宽度达到一米，人在上面走路都不成问题。观众发现跷跷板的两端，上方用丝线悬空吊着一张纸，这张纸就是下轮PK的试题，规则是两两为对手，两个人谁先为自己的团队拿到下一轮考题，谁就晋级。

正好是两个男生两个女生，抽到同样签的成为一组进行挑战。从跷跷板上拿到试题，看似很简单，其实不然。想靠近试题就要走到跷跷板顶端，跷跷板就会随着这边重量增加而降低高度，人就会远离试题，而对手那边的跷跷板就会升高，所以这里面需要两个人进行一场身体和智力的博弈。

比赛开始。和林星争夺晋级名额的是个男生，看上去斗志满满，对于女孩子也没有半点儿怜香惜玉的意思。

反正最后都是输，顾惜只扫了眼惊人的道具和已经爬上跷跷板的林星，然后就又掏出手机看了看。

没有消息，卫寻还是没有消息。要是按最坏的打算卫寻做不到黑掉整个演播室的灯光，那么趁林星PK的时候离开就是唯一的机会了。

再抬头时，顾惜的视线对上了Miss Morry凌厉的眼光，她心里咯噔一下，装作若无其事地将手机又放回了兜里。

即便装得再若无其事，Miss Morry的目光却再也没有离开过顾惜。

白晓米突然惊讶地喊道："顾惜，你看林星！"

顾惜在白晓米的喊声中抬起头，她望向台上的两个跷跷板，其中一个林星和那个壮男生平衡地站在它的两侧，林星屈腿弯腰注视着对手，你进我退，两个人势均力敌，在这场博弈中谁也不肯让谁一步。

僵局持续了很长时间，另一边的两人已经胜败已显，郑希怡组的男生因为体力和身高优势率先拿到晋级名额，而林星这边还依旧保持着两相不让的状态。

因为长时间的僵持，从现场拉近的镜头中，可以看出林星的小腿在微微打战。

顾惜起身，她不再心不在焉。

这个女孩儿是想赢的，不是吗？

兜里的手机突然有了震动。趁着Miss Morry的视线停留在林星身上的时机，顾惜将手机掏出，看到卫寻发来OK这两个字母。顾惜抱着手机，又看了看场上汗水满面的林星，做了个决定。

"等等。"顾惜把这两个字发送出去。

"啊！"完全被比赛场面所吸引的白晓米捂着嘴巴惊叫了一声。不止是白晓米，所有在场的观众都倒吸口冷气。

还端着手机的顾惜也被林星的表现吸引了视线。

不知什么时候，接近跷跷板支点的林星，在大家不明所以的情况下突然转过身，以飞快的速度向跷跷板末端跑去，飞跑几步后用力蹬板跃起。

时间好似突然停止了，在顾惜眼前，展现出林星的慢动作：她的腰肢在空中缓缓伸展，双手扬起……

顾惜用手捂住了嘴巴。

高高跳起的林星抓到了那卷挂在空中的试题！由于林星身体的重量和她用力一蹬，跷跷板迅速落到地面，随着突然失去重压又狠狠弹起，直接击中林星绷直的脚掌，她的双腿倏然折屈，人像一片叶子掉落，砸在硬硬的跷跷板上，"咚"的一声听得人心疼。林星整个人都蜷成了一团。

对手在这瞬间的一下一上中早已失去平衡摔倒在跷跷板上，双手死死抱住木板，爬都爬不起来，现场的医护人员随即跑到了场内。与此同时主持人也出面救场，虽然发生了事故，场面还没有太混乱。

"简直就是笨蛋。"邻座休息区的郑希怡也站起身，她咬牙切齿地推开自己的同伴，准备最后一轮PK。她的对手居然是顾惜，这是绝对没有想到，也是她无法容忍的事情。

顾惜再顾不得其他，冲着疼得站不起来的林星跑去，白晓米一把拉住她："顾惜，现在正好是PK赛交替的时机，现场又非常混乱，不如现在就去机场。"

白晓米已经拿起卫寻的背包，这里面有能看到沈千墨位置的笔记本，是绝对不能丢的。

"不！"顾惜低头，林星都已经做出这样的牺牲了，她有什么资格现在逃走。

所有人都期待着最后的结局。她拥有了向世界宣告差生也可以是优等生的机会。所以，她不能逃。

顾惜掏出一直和卫寻联络的手机交到白晓米手里："无论我能不能赢，我都要完成这场游戏！"

白晓米握住手机，看了眼同样被林星的举动震惊的Miss Morry，现在可是逃跑的最好时机。但是劝顾惜放弃的话在唇边翻滚着，终究还是咽了下去，白晓米烦恼地挠着头，重重叹了口气，闭着眼睛将顾惜一把推开："去吧去吧，一定要让特优一班好看！"

顾惜点点头，她向台上走去，担架上的林星被医护人员抬下来，两个女生在台阶上相遇。

"谢谢你，林星。"在担架和自己擦身而过的刹那，顾惜轻轻抓住林星的胳膊。

林星的另一只手伸了出来，拉住她，让顾惜的耳朵靠近她的嘴边："是我该谢谢你。"

优等生和差生，不能单单用才华来标定。

在她丢掉包包的明江机场，在她落入水中的洛河峡谷，比起冷眼旁观的路人、四散逃跑的同伴，这个向她伸出援助之手的人温暖又美好，这样的温暖和美好是世界上最名副其实的优等。

顾惜的光芒她无法忘记，无法背叛。

顾惜，你是我见过的最优秀的人，我希望全世界的人都能……看到你的光。

加油，创世之光。

这么一瞬间的交集，即使千言万语都无法表述，她们的内心已经相互交融，两个女生松开了彼此。担架被抬了下去，而顾惜该登上属于她的舞台。

混乱又归于平静。

舞台暗了下来，主持人身上唯一的聚光灯成了焦点，被安排站在舞台后面的顾惜和郑希怡隔着不远不近的距离，成为这个游戏最终的两个对手。

"如果我是你，我就放弃这场比赛，让世人都知道创世有你这样差劲的学生，真是丢人。"长发精致的郑希怡冷冷说道。

顾惜抿唇："未必。"

整个舞台的光线倏然亮起，在黑暗中的两人曝光于人前，最后的王者之战激起了在场观众最狂热的欢呼。刚刚还口露威胁的郑希怡风度翩翩将长发拂过脑后，微笑着向观众和镜头鞠了一躬，然后走到前去。

虚伪。同样走向前的顾惜在心里鄙视着她。

"不多说了，现在我们来宣布终极PK的规则。"漂亮的女主持人左手边站着郑希怡，右手边站着顾惜，两个不同类型的少女都耀眼得如闪亮的明星，所有人都期待着一场好戏。

她展开手里曾经被悬在跷跷板上的试题："这次游戏是个三维的填字游戏。当然，为了体现出游戏的难度，比赛不是用我们常见的词组哦，而是二十个毫无规律的数字组合，并且我们的两个选手需要采用盲填的方式完成，记忆和填字的时间由选手自己决定，当然谁最正确又是最快的，那么她所在的团队将成为这届'魔鬼游戏'的总冠军！"

主持人的话音刚落，全场就响起了热烈的掌声，观众期待冠军的狂热已经无法抑制。

好复杂的游戏。顾惜皱了皱眉。

两个女生被引导员引导到自己的位置，两个人在舞台两端背对而坐，面前摆着显示数字组合的液晶显示屏。背景的大屏幕上也出现了两人显示屏里相同的数字，数字串杂乱无章，位数庞大，光是记忆都非常困难，更何况要将它们盲填到三维的模型里。

在台下看着的白晓米捏了一把汗，顾惜这家伙，连学都没上过，对于数字更是差得一塌糊涂，这种难度的填字游戏，估计换成沈千墨这种超能天才也感到困难吧。

顾惜扶着额头，紧紧盯着屏幕上满满二十个数字串，一点头绪都没有。但不知为何在这时她突然想起了爷爷。爷爷是个可爱的老头儿，他存放重要文件的柜子，他写日记的本子，甚至放顾惜最爱吃的小零食的盒子都会设密码。爷爷设的密码又长又没规律，天天都想着怎么偷盗零食的顾惜，哪怕是爷爷当面告诉她那些数字也从来都没有打开过零食盒一次，她无法记住那么长的数字，也想不明白这个老头儿怎么能记住这种乱码。

但是有一天她发现爷爷哼着歌开文件柜的时候，突然明白了原因。

歌曲，就是密码。

1是哆，2是唻，3是咪……所有的数字从1到0都能够用音符来表达，只要会唱歌，所有的乱码在她看来都不再是无规律的数字。

跟着爸爸妈妈在山野长大的顾惜，没有别的可玩，自己哼些旋律自娱自乐是常事，和很多能歌善舞的民族相似，用歌声表达心情是她自己培养的天赋。

所以，她可以将这二十个数字串编成好听的音乐记住不是吗？

忧愁的表情渐渐散去，所有关注着这场PK赛的人都看见那个小麦色皮肤的女生，脸上荡漾出明媚的笑来，她唇瓣微动，双手有规律地轻轻击打着桌面，似乎是在……享受着这个时刻。

最难的数字串记忆完毕，顾惜挥手将字串关闭，显示屏上立刻出现三维立体的填字模型，错综复杂的结构，千千万万种的可能，这就只能像走迷宫一样，一条条地实验，最后找到唯一匹配的结论。

随着时间一分一秒过去，郑希怡也记完所有的数字，开始进入盲填阶段，两个女生到底谁胜谁负还真说不准。

台下的人都随着比赛的进行越发紧张起来。

研究说，人类的大脑，无论是普通人还是天才，都仅有不足百分之十被开发利用，其余的大部分都处在休眠状态，这是被公认的不可突破的极限。

但某些情况下，大脑休眠中的能力是可以被瞬间激发的。

唐宿的鼓励、沈千墨的信任、林星的舍身涉险，学院用阴谋和漠视逼着她承认，差生永远只是社会精英的垫脚石……他们给了她太多不能输的理由。

差生也可以是优等生，差生也可以创造奇迹。她要大声地告诉这个世界。

"我赢了。"顾惜从座椅上站起身，显示屏的三维图形已经被她用数字串填满，不用人来检测，电脑已经给出了正确的结论。

整个大屏幕旋转着顾惜的答案，突然间出现了焰火，舞台上飘下彩带，安静的现场沸腾起来，所有的观众都起身鼓掌，为站起的少女的智慧而鼓掌。这万众瞩目的荣耀和从前的委屈，都走马灯似的在白晓米的脑海里转过，爱哭的白晓米开始大颗大颗地掉眼泪。

还坐着的郑希怡垂头放下手中的电容笔，起身站在顾惜的身侧，用颤抖的微笑掩盖自己是个失败者的事实。在比拼智慧中输掉，她输得心服口服。

顾惜举起双手，深深鞠躬。

整个演播室的灯光"啪"地熄灭，热烈的场面突然被瞬间的黑暗取代，掌声停止，随之而来的是嘈杂的询问声，呼叫声……这样大型的直播节目，中途断电的意外事故也够这个节目组被全国人民诟病的了。

几分钟后，临时用电接通，所有的灯光和机器又回到了最初的状态，适应了黑暗的人们眯着眼再看舞台的时候，却发现台上站立的只有衣着精致的女主持人，还有长发美丽的郑希怡。

刚刚还深深鞠躬的女生已经不见了踪影。

"啊！这是怎么回事？"

"刚刚是被外星人入侵抢走人了吗？"

最终优胜者的消失，引发了更大的混乱。这次连能说会道的主持人都救不了场了。不过这一系列轰动和混乱，黑暗中趁乱跑掉的顾惜、白晓米才管不着。

卫寻这个混乱场面的始作俑者已经打好了车，等在电视台后门，一前一后在后门相聚的两个女生激动拥抱之后，匆匆打开车门钻了进去，汽车飞速地驶向机场。

神经大条的白晓米没忘带卫寻的背包，三人所有装备都在其中，顾惜拿过背包，从里面掏出三顶鸭舌帽，自己和白晓米戴上后，递给了前座的卫寻一个。上次拦车被认出的经历让顾惜多了个心眼，"魔鬼游戏"参赛团队离奇消失这种新闻，应该很快就会传遍整个城市，被人认出恐怕会引起不必要的麻烦。

三个人也不敢在车上交流什么，沉默了半小时后，出租车终于到达了金城机场。

金城不愧是国际化的大都市，机场车来车往，人流量非常大，顾惜三人下了车就低头向入口窜进去，白晓米掏出手机联系上等在机场给她送护照和机票的人，然后便匆匆离了顾惜和卫寻跑远了。

广播里通知飞往伦敦的航班时间已近，留在机场大厅里的顾惜和卫寻看着手表焦急地等着白晓米。

这不告而别的出逃，只差最后一步就能成功。

沈千墨，等我们来救你。

顾惜拉低了帽檐，将装有追踪沈千墨位置笔记本的背包紧紧地抱在胸前。

之后，在她的视线下方出现了黑色的、及地的裙摆。

顾惜按住心中涌动的惊慌，将视线慢慢向上移，划过那黑色裙子包裹住的细腰、交叠在胸前的双手、看到了那张皮肤松弛的面颊。

想过千万种可能，顾惜怎么也没有料到她会在最后一步被抓到，而且是被这个绝不会放过他们的对手抓到。

"Miss Morry。"顾惜有些绝望地吐出面前女人的名字。

卫寻也看到了班导，三个人对峙地站立在人流中，短发少女和纤瘦少年一动不动地保持着最初始的姿势，那浑身散发出的防备气息，与被猎人逮到的猎物如出一辙，似乎只要轻轻一碰，他们就要挣扎跑掉。

"要不是白晓米跑得飞快，把桌子上的水碰掉，我也不会跟着她发现你们来到了这里。怎么会来机场，你们想干什么？"Miss Morry眯起了眼睛，手里扬起几张机票："早就说过来金城不要玩什么猫腻，节目还没有结束就跑掉，你们以为这真的是一场游戏吗？呵，太看得起自己了。白晓米已经被我抓住带到车里，你们现在乖乖地跟我回学院！"

顾惜向后慢慢挪了一步，余光中扫到机场播报航班动态的巨型电视屏闪过伦敦那班飞机的时间。

离停止换取登机牌还有十五分钟。被魔鬼劫走护照机票，被她看穿他们的目的地，除非出现什么奇迹，不然他们逃无可逃。

怎么办？难道就要这样终止了吗？沈千墨、卫桥、那些被校长带走的前辈们还在等着他们不是吗？

顾惜的眼睛渐渐漫上水雾。

"不要。"顾惜摇着头继续向后退，声音带着前所未有的癫狂。一直沉默的卫寻抬起头来，看向越来越疯狂的顾惜。坚强的顾惜，笨笨的顾惜，热心肠不怕死的顾惜他都见过，唯独现在这个无助的女生他觉得陌生而……心疼。

卫寻拉住还在后退的顾惜。

"班导。能不能相信我们一次？"顾惜甩开卫寻拉着她的手臂，"和创世的天才们比起来，我们十三班不过平凡一点，但这份平凡在大人们的眼中就那么罪大恶极吗？从来到创世，我们受到的只有排挤、讽刺、不信任……

可是人除了智慧还拥有很多美好的东西啊，为什么你不能因为我们的坚强勇敢而用同等的眼光看待我们呢？"

"顾惜……"卫寻轻念。

顾惜那么多的委屈在这一刻如洪水发泄，即使赢得了比赛，赢得了世人的尊重，但他们在班导眼里还是应该消失的差生。

卫寻将顾惜的脑袋摁向自己的颈窝，在沈千墨离开前他答应过他一定要照顾好两个女生，不要让她们受委屈。

所以，有些事该由他来面对："我们并没有将那场全民关注的节目看成是我们的游戏。是伦敦真的有很重要的事等着我们去完成，Morry班导，可能我无法告诉你到底发生了什么，但，能不能爱我们就像爱您在康复中心的孩子一样？"

孩子两字激起了女人眼中的怒火和震惊。

她怎么也想不到卫寻会知道她这辈子隐藏起来最大的耻辱。

那个被她藏在鑫顺私人康复治疗中心的病人，是她唯一的孩子。

在那天追着Miss Morry赶到郊外疗养院，被一楼接待的护士小姐赶出大门后，卫寻担心那里有关于他哥哥的线索，于是就让他的机器宠物偷偷溜进几栋大楼里去，总算是找到了Miss Morry探望病人的病房。

那个病房里住着个和他们一般大的少年。唯独和他们不同的是，他不是个正常的孩子。

从异于常人的样貌就能看出，他有天生的智力障碍，听不懂人说话，也无法正常行走，只会哭或笑，卫寻在机器宠物带回来的记录里看到Miss Morry一直坐在床边看着他，被扔了洗好的苹果也好，被推开冲着她大吼大叫也好，她都从未愤怒过。

卫寻知道了为什么Miss Morry比谁都不喜欢他们十三班的原因。

成为智障少年的母亲，所有关于未来美好的幻想都破灭，她厌恶她的孩子，厌恶着用异样眼光看待她孩子的社会，于是在这极端的情感中，她同样厌恶着和自己孩子有相同际遇的不成材的、受人鄙视的十三班。

但有一点必须明白，这个女人没有因为孩子天生的智力障碍放弃他，而是选择将他养大。

所以，她是有爱的对吗？

所以，拥有最可怜的孩子的母亲，其实是最想要看到不出众的少年们变成光芒万丈的人物的，不是吗？

是每一届的十三班都让她失望了，所以她才更厌恶他们。

"Miss Morry，我们不会让你失望的。"卫寻轻轻说道。

他从未将Miss Morry的秘密告诉过任何人，也不知道这样的推断对不对，但此时此刻他真心希望能戳中那个女人的内心。

"你们走吧。我没有逮到白晓米，这几张机票是唬你们的。"

卫寻有些错愕，连刚刚他说了什么都没弄明白的顾惜也瞪大了眼睛。

女人眸中的怒火悠悠淡去，如叹息般的说完话。Miss Morry转过身去，黑色的背影仍旧曼妙，她背对着两人停了半晌，任凭手里握着的机票飘落在地，然后迈开步子一步一步地向远处走去。

一直没有出现的白晓米急吼吼地从别处赶来，跑近了才发现刚刚和恐怖班导擦身而过，浑身汗毛竖起，腿几乎要软得走不动的时候，顾惜一把拉过她就往紧急旅客柜台赶。

迷糊的少女边走边回头张望对她视而不见的女人。

"我好像看到她哭了。"像突然想到了什么似的，白晓米转着眼珠把这个不可能的发现告诉两个好朋友。

"因为她刚刚才发现自己很爱很爱我们。"卫寻说。

第十一章

如梦英伦

十几个小时的飞行，三个少男少女总算到达了伦敦希思罗机场，抵达的时候还是凌晨，天刚蒙蒙亮。

希思罗机场的年头有些久远，有些设施看起来比国内的还要陈旧些，但它的跑道又长又广，建在远处的航站楼高大气派，很有历史感。

白晓米刚下飞机，就被迎面而来的细雨和冷风吹得打战。

看样子十二月初的雾都已经迎来它的多雨时节，只是顾惜三人孤身到伦敦，为了不让人看出偷跑事实，什么行李都没带，更别提雨伞和棉衣了。还好有白晓米这个土豪继承人在，她不仅办了护照还拿了张无限制刷卡金额的信用卡，在伦敦衣食住行方面的花销不成问题。

进到航站楼的三人很明显地感受到了变化，机场的广告牌变成了英文，往来的旅客也由黄种人变成了白皮肤蓝眼睛的异国人士，新的国度里一切都很陌生，此后干什么都只能靠自己了。

三个人找了个可以坐的地方围成圈坐下，要做的第一件事就是将卫寻的笔记本打开，登录他自制的定位软件，开启搜索键。

"咦……怎么回事，是机场的网络不好吗？"卫寻看着没有任何显示的软件皱眉头，然后又重新登录软件，再次搜索。

但试过好几次，结果都一样，那个表示沈千墨位置的小红点没有半点要出现的迹象。

"不会是你的软件坏了吧？"白晓米有些不安。

若是失去了联系，在这偌大的伦敦，他们几个孩子怎么可能找到贝校长建立的秘密基地？

卫寻摇摇头，他拿过笔记本手指在键盘上一阵敲打，顾惜和白晓米对这方面一窍不通，心里着急也不敢打扰，只能默默地等着，期待少年有什么新的办法。

十几分钟过去，卫寻停止敲击键盘，他擦擦额头上因为紧张出现的汗珠，将笔记本转向了两个女生的方向。

黑色背景的地图上终于出现了红色的圆点，不过它并不闪烁，而是静静停留在伦敦北部的Septecony区。

"这是什么意思？"顾惜指着那枚红点。

"这是那枚手环在今天早上标记的沈千墨出现的地点，这是最后的记录。后面无法追踪的原因可能是……"卫寻停顿一下，看了看心急如焚的顾惜和白晓米，还是决定说出来，"那枚手环被人拿走并且销毁了。"

东西可以被销毁，那么沈千墨也可能不安全，他现在到底怎么样了，是生是死……

顾惜一下子害怕得说不出话来。

"这位置是沈千墨做诱饵留给我们最宝贵的东西，别胡思乱想了，这对救出沈千墨毫无作用。无论如何我们现在能做的就是去Septecony区。"卫寻迅速关掉笔记本收好，然后从包包里放出"马铃薯"和"西兰花"。

刚刚还万分颓丧的白晓米变得诧异，在洛河峡谷发挥关键作用的"马铃薯"是机器狗，把它带来也就罢了，怎么把囧脸猫这长毛贪吃的讨厌鬼也从金城带来了啊？话说宠物不用托运也能蒙混过关上飞机吗？

"'西兰花'其实是只机器猫，上次从鑫顺私人康复治疗中心它后来不是不见了吗，其实它是偷偷溜进去探查了，人不能进的地方，小动物可是很自由的。作为我最新研发的陪伴机器猫，它的仿真度比'马铃薯'要高很多倍，它能吃东西能有情绪，你们到现在都没发现也正常。"

"天啦！卫寻你这样的天才怎么会被创世分到十三班，你一定能救出沈千墨，救出你哥哥，救出所有人的，对吗？"乐观的白晓米跳起来激动地转圈圈。

"白痴，不是我……是我们。"

少年喊白晓米白痴的习惯并没有改变，但他这次却得到了白晓米一个大大的拥抱，向后仰倒的羞涩少年脸一下红了。

顾惜弯了弯唇角，她的视线从两个好朋友身上移到航站楼落地的玻璃窗外，不久前还阴沉寒冷的英伦天空，现在泛起柔美的红色，朝阳正冉冉升起。

按照电脑提示的沈千墨最后出现的地点，三人打车到了Septecony区，从地理位置上来看，这是伦敦很偏僻的郊区，但伦敦的主要工业园区也正是在这里，为了适应发展需要，这里有商铺、餐馆和住宅，所以并不算荒凉。

从一个区里找到沈千墨有可能出现的地方，比在整个伦敦搜索要简单不少，顾惜三人随便找了间旅馆住下，两个女生决定先去买点儿食物衣物，让卫寻留在房间上网，摸清楚这片的情况再行动。

早上的伦敦郊外没多少行人，能买东西的店铺也开得很少，工业园区里的植被非常多，大大小小的房子都是一块一块的聚集在树林间，看上去很安静，下榻的旅馆一出门就是面积颇大的公园广场，有一些白鸽在广场上悠闲地散步。顾惜和白晓米也不着急买东西，到处看看就当熟悉路况了。

为了让学院的人无法定位到他们，让这次消失做的彻底，卫寻在上飞机前就将三人的手机卡全部扔到了垃圾桶里，在买到新手机卡之前，卫寻还特地叮嘱她们最好不要走太远。

只是还在创世的唐宿联系不上他们，恐怕要急坏了吧。

白晓米提议要不要找个电话亭给唐宿打个电话，顾惜直接拒绝："现在也只能对不起唐宿了，如果让他知道我们在哪儿，凭着学院超强的观察力和手段，恐怕第二天就有人来抓我们了。"

确实现在干什么都要小心为妙，白晓米无奈点头，对远在创世的好朋友抱歉地念了句"对不起"。此刻正拖着还没长好的肋骨在和Miss Morry，还有金主任大吵大闹，询问顾惜他们到底去哪儿了的唐宿，鼻子痒痒地打了个喷嚏。

两个女生走了很远才找到家超市，进去选了一大堆衣物，还有饼干面包之类吃的东西，完成这些，时间就过了差不多两个小时。怕待在房间的卫寻担心，顾惜和白晓米决定不再继续逛下去。

回到旅馆打开门，两人就看到坐在房间沙发上的卫寻正枕着胳膊发呆，放在茶几上的电脑还显示着他最后查询的部分资料。

顾惜从食品袋里掏出一盒牛奶递给卫寻，自己也拿了一盒坐到他身边："怎么样，找到什么线索了吗？"

"我在网上搜索过Septecony区，这里有一百多家企业和工厂，然后我一个个地搜了他们的资料，这么短的时间里并没有全部搜完，但却发现了一个很可能藏着我哥哥和沈千墨的地点。"

下意识地拿着牛奶的卫寻指了指电脑屏幕，"喏，就是这里。'NDT Institute of Biological Sciences'——NDT生物科学研究所。"

白晓米念了一遍英文，又在卫寻点开的这个页面上翻了翻，翻到最后似乎是有了什么重大的发现，她重重地拍了拍顾惜的手臂："真的呀！你看这里，Doctor Bei，不就是贝博士吗？他是NDT生物科学研究所的名誉所长啊！"

顾惜虽然英文不太好，但Doctor Bei指的是谁她还是清清楚楚的。况且贝校长所要进行的研究人类进化的神奇密码的项目，和生物科技息息相关，这间研究所基本上可以确定是他在伦敦的老巢。

"那还等什么？我们现在就去那里看看啊！"心急的白晓米把刚买来的御寒外套穿上，顾惜也手忙脚乱跟着进行换装。

卫寻真怀疑顾惜和白晓米是不是女孩子，好歹一个是大财团继承人，一个是大教育家的血脉，怎么连半点儿审美趣味都没有。两个人从超市随便淘来的外套，又沉又难看，深蓝色的颜色、样式和工作服没什么区别，特别大的衣服穿在身材娇小的两个女孩儿身上更是可笑。卫寻看了一眼就带着深深的鄙视摆了摆手："你们就准备这样去研究所？"

"太亮眼了不好，我们要低调。"白晓米振振有词地鄙视了回去。

真是为这俩白痴的智商头疼死了，难道丑得亮眼就低调了吗？卫寻抚了抚额头。

顾惜和白晓米被卫寻拉到旅馆附近一家通过网络搜索到的时装店，三人都换了英国常见的连帽冬装，这才乘车向刚刚发现的NDT生物科学研究所出发。

卫寻查到的资料介绍上显示，NDT生物科学研究所是英国最近才注册的一家公司，拥有科研人员上千人，几年时间里就已经和国际几家比较知名的生物科学研究机构齐头并进，很多制药企业都和它有合作。而从它位于Septecony区的本部工厂的外观上来看，的确可以称得上财大气粗。

三个少年下了车，还没有见到研究所的大门，就能沿路看见介绍它的广告，它的猿人标志遍地都是，明显比其他企业厂区建得都要高的大楼是最好的指示牌。

直到走近NDT研究所，才发现在大楼旁边用混凝土建了像是城墙一样的东西，这围起来的墙大概有几层楼的高度，顾惜三人走了一圈，得到的结论是如果不用什么特别的方式，是不可能从研究所外围的墙爬进去的。

居然把个科研所建成城堡，越是如此诡异的建筑模式，顾惜也就越确定这里面肯定有猫腻。

先进去再说吧。

因为是对外合作赚钱的研究所，所以谁都能进到一楼的大厅。

顾惜刚进门就觉得这里和未来世界里的医院特别相似，全白的墙、屋顶和地板，桌子、椅子，连垃圾桶都是白色的。在大厅里穿梭的人大多穿着白色连体衣，偶尔能看见几个穿西装的英国人拿着包在电梯处上下，但他们三个的进入还是显得很突兀。

一楼大厅也有接待台，坐着位黑人男士不知道在想什么，不像上次在金城的康复中心，这里的接待员没有询问他们是来干什么，也没有想要赶走他们的意思。顾惜几人放下心，仔细观察了这个一楼大厅，除了上楼的电梯，在大厅的侧面还有个金属质感的大门，上面有像船舵一样的圆盘状的把手，貌似是通往大楼后面的途径。

待了几分钟，几个少年都没有看见有人从金属门那里出来或者进入。

卫寻小声地对两个女生耳语："我觉得那里可能能到这栋楼后面。NDT那么大的范围，甚至还建那么高的墙壁，最重要的核心研究室应该不在这里，这样一个大楼根本就没什么可隐藏的东西。"

虽然只是猜测，三人还是决定看看能不能去到大门里面。

还没有到大门旁边，顾惜三人就被接待台那位神游天外的黑人男士厉声喊住，他夸张地挥动手臂让顾惜他们离开，本来三个人还想装傻再向前走几步，就被不知道从哪里冒出的白衣人员擒住胳膊，然后毫不客气地丢了出去。

"啊……被人像丢垃圾一样丢出来……这是名副其实的丢人吧。"从地上坐起来的白晓米，揉着胳膊。

顾惜站起身拍拍身上的灰尘，然后转头看了眼挂在大门上方的大大的NDT字母，旁边黑色的猿人标志上，那猿人黑色的眼睛，似乎也紧紧盯着她的眼睛。顾惜递给白晓米一只手："至少这次我们踏出了了解敌人的第一步。"

后面几天，顾惜三人想尽各种办法靠近那个金属大门，都以惨败结束，而那又高又神秘的围墙简直是攻无可破。

一个投入巨资建立的秘密城堡当然不是那么容易被突破的，要想进入研究所内部还要做很多功课，又在外面白忙一天的三人，决定再想新的方式，卫寻的肚子在此时很合时宜地"咕咕"叫起来。

卫寻摸着肚子一脸呆萌，顾惜也才发现，从早上到现在，他们几个连一顿饭都没吃。

被坏心情打击得不想回去啃面包的三个人，决定吃顿美餐继续战斗。

卫寻导航了一家三个人都满意的意大利面馆，就直奔那里，几个人点了一桌食物，风卷残云般扫荡一空后，白晓米作为三人的财政总管负责结账。

过来收钱的服务生是个典型的英国女郎，金发碧眼年轻漂亮，她看着一桌被吃得干干净净的空盘，对几个中国孩子的好感度蹭蹭上升。

白晓米付款时，顾惜随口问了金发女郎，前两天有没有见过漂亮的中国少年，或者是Septecony区有没有什么奇怪的事发生。

这种能恰好遇到见过沈千墨的人的事当然不可能发生，顾惜也没抱什么指望，但金发美女找来零钱后还是愉快地和两个女孩儿八卦起来。

"漂亮的中国少年我倒没见过，但是我前几天见过一个亚洲疯少年。"女郎大惊小怪地眨了下眼睛："好像是从这里的疯人院跑出来的病人，在街上跟人说他被别人抓住做实验，让大家帮助他从英国逃走……"

"什么！"刚才还兴致缺缺的顾惜嘴里一下蹦出中文。英国女郎嘴里所说的那个疯少年说自己被别人抓住做实验，那他可能不是疯子而是从贝校长的秘密基地那里逃出来的幸存者……这简直是比遇到沈千墨还要更重大的发现。

英语口语烂成渣的卫寻根本听不懂美女服务生刚才说了什么，但还是从顾惜的反应中了解到什么，定住了喝咖啡的动作。

"然后呢？"顾惜比划着干巴巴的英文，赶紧问下去："那个疯子最后怎么样了？"

"还能怎么样，我们主管报警把他抓走，笔录的时候才知道他是疯人院逃走的病人，所以又被送到疯人院去了。"

女郎还有些后怕，但顾惜和白晓米却高兴地跳起来击了手掌，找零的钱直接塞给女郎当小费，然后便提着一脸迷蒙的卫寻就赶紧飞奔出去，丝毫不在乎这种诡异举动有没有吓到那个可怜的英国女人。

在回旅馆途中，两个女生把这个重大发现告诉了卫寻，三个人都不约而同地决定改变策略，反正要进去NDT不是一天两天能办到的事，按照贝校长这种精英人士对内情的保护程度，就算通过了在一楼大厅的那个金属大门，也不一定还有什么拦下他们，所以倒不如去会会那个疯人院的男生比较可靠。

Septecony区的疯人院是在伦敦最边缘的地带，建在伦敦和邻近城市的山脉上，虽然在同一片区里，路程不远，但大片的树林和崎岖不平的山地让去往那里的过程很不容易，休整一天后的三个少年摸清楚情况，借了旅店老板的两辆自行车就上路了。

顾惜走在前面，卫寻载着不会骑车的白晓米落后一点，这一路三人越走越荒凉，满目都是树叶枯黄掉落的萧条景象，两辆自行车压在厚厚的落叶上发出连续不断的"咔咔声"，这种细小的声响在安静又瘆人的山林里放大了无数倍。若不是信任卫寻的导航能力，大概这连个鬼影都没有的恐怖山路连一半都走不下去。

"看！屋顶！"看到了什么的顾惜单脚支地停住自行车，用手指了指前面的树梢之上。

跟在后面的卫寻也停住了车，三个人都看见和这个灰蒙蒙的冬天一样灰蒙蒙的屋顶，呈现出复古的尖锥形，然后弧度向下隐藏在树木之间了。

"看样子，这个疯人院也有点儿历史了。"不想再停留的卫寻用力一蹬，又继续向前骑去，还没准备好的白晓米直接一鼻子撞上卫寻的背，因为一路颠簸屁股都要碎掉的白晓米越发的苦瓜脸。

三个人就这么跌跌撞撞地到达了疯人院。

欧式的建筑，白色的墙壁和围栏都生满了绿色的青苔，在入口处建了一个水池，里面有一尊抱着水罐倒水的裸女石膏雕像，看样子这应该是个流水的景观水池，但是水罐没有流水出来，水池里的死水都变成了深绿色，上面漂浮着零零星星的落叶。

一看就是个被人遗忘、没人关注的疯人院。

在顾惜和卫寻还发愁该怎么不像上次在鑫顺康复中心一样，没有探病权限也可以进去时，白晓米这个土豪直接无视两个人，走到大门值班室塞了一百英镑到门房手里。抽着烟的年轻男人瞧了三个人一眼，觉得几个毛孩子造不出什么幺蛾子，便连拒绝的意思都没有，把钞票放进口袋后从抽屉里拿出全院所有病人的花名册，让她点出要探病人的名字。

顾惜和卫寻都快惊掉了下巴。原来还可以这样啊！

白晓米随便在一个病人的家属探望栏登记了三人的名字，留下证件后，几个少年就算是顺利进入这所处在荒郊的异国疯人院。

一间全部关着的都是精神不正常人的医院，比想象中恐怖得多，坐在草坪长椅上死死盯着他们的老婆婆，突然从树后窜出来以吓唬他们为乐的年轻女子，还有病楼走廊里疯狂跑着的光头男人……

白晓米一直紧紧握着顾惜的手，低头走路，眼睛都不敢随便乱看，进门时嘲笑顾惜和卫寻两人笨死了的气势消失得无影无踪。

也不清楚英国女郎说的亚洲疯少年叫什么名字，是不是拥有英国身份，顾惜只能一个病房一个病房地找过去。

在白晓米连续不断的"找到了吗"的询问中，顾惜在三楼最里的一间房门窗口上看到了一个黑头发黄皮肤的男生，这是顾惜看了那么多房间后见到的第一个亚洲人。他坐在墙角，头深深地埋在膝盖里一动不动，因为头发很长，看不清长相，也看不出来年龄。

"禁闭室。"卫寻上下看了看关着这个人的房门。这间屋子的房门和其他病房的不一样，它是用铁板做的，在门底还开了一个投饭的小门。

这种房间一般是关极度狂躁、行为有明显暴力倾向的病人的地方。

"太可怕了，关在这里，和监狱有什么区别。"白晓米连向里看的勇气都没有，她使劲向顾惜身上贴去，伸手戳戳卫寻的胳膊："快，去问问看是不是他。"

卫寻冷冷看了眼矮他一个头的少女，他可是累死累活地蹬了一路自行车才载着这个比他还沉的大胃王到了目的地，现在又要他去做这么可怕的事情，丝毫不关心他的感受。简直就是吃里扒外。

吃里扒外？可是，他为什么要把她算成里呢？卫寻红着脸双手在空中挥了挥，企图赶走心里的胡思乱想。一直看着他的两个女生还以为卫寻在这里待久了，也传染了什么怪病，正要问他有没有事的时候，卫寻又变回了冷淡脸，他侧身用手指敲了敲铁门："请问，你就是那个说曾经被人抓走做实验的人吗？"

房间里没有声音。

卫寻只好又敲了敲门，将这个问题重新问了一遍，还是没有得到回答，于是他凑到窗口处向里看。这一看不要紧，卫寻被吓得后退了半步，出了一身冷汗。

顾惜注意到一张脸已经贴在了窗口的钢化玻璃上，两只乌亮的眼睛正一眨不眨地看向门外的三个人，他在观察他们。顾惜从他露出来的那部分面孔能看出，他很年轻。

"我叫顾惜，从中国来。"顾惜走到卫寻前面，和屋子里的人正面相对，他出逃、呼救、被抓回，这些经历让他现在对任何人都充满了戒心。要想消除对方的戒心，就必须先坦诚自己的身份，"这两个是我的朋友。我们的学长前辈，还有一位朋友，可能正在经历着和你同样的遭遇，我们来这里的目的就是为了救出他们。前辈，你认识许敏意、周子楚，还有卫桥吗？"

"元夕，我的名字。"很久没有说话的缘故，屋里人沙哑的声音略显生疏。

他突然的开口让三个人都略有惊讶，志忑的心又产生出了希望。顾惜刚刚目的说得那么清楚，他既然愿意和他们交流，那么证明他们一定找对了人。

"你认识我哥哥卫桥对吗？他现在怎么样？还好吗？"卫寻有些激动地趴在门上，用拳头使劲锤了锤门。

顾惜警惕地看了看四周，示意卫寻不要闹出那么大的动静，里面的声音继续传来："至少我出来的时候，卫桥还很好，但那是一年前了，现在就不知道怎么样了，他的弟弟……你是卫……寻是吧？"

一年前，看来他离开那个秘密基地有段时间了。

顾惜推开陷入伤感的机器少年，向房间又走近了一些，屋里屋外的两个人仅隔着一门之距，互相看着对方。

元夕对顾惜微微点了点头。顾惜继续说了下去："我们最早知道的情况，就是有人欺骗了一些大脑特别发达的天才少年，说要对他们进行专门培养，然后把他们集中囚禁起来进行研究，企图通过这种方式从他们身上找到让全人类都能进化成全能天才的办法。我的朋友沈千墨是甘愿自己做诱饵来到这里的，目的是为了救出被囚禁的人。本来以为有定位器就能追踪到他在哪里，但到了Septecony区就断了联系。我们通过几天的调查，发现了一间叫做NDT的生物研究所，是最有可能进行这项实验的地方。但除此之外，我们没有任何进展。"

"知道这么多已经很不错了。"元夕哑哑地笑："可能除了你们，再没其他人能够知道NDT在做的不可原谅的事了。"

元夕长话短说，他告诉顾惜几人，他和周子楚是最早被拉到这项实验中的天才。八年前他才九岁，和同龄人智力的差距就显示出很大的差别，特别是心算能力，已经达到国际大师级水准。后来有人去了他家，给了他父亲一笔巨款，说要带走他，将他培养成大人物，然后便来了伦敦。

结果到了这里，事情的发展和他想象中的完全不一样。他被关起来，每天都要吃药、检查身体，几乎每半年就要上一次手术台，他不知道别人在手术中对他做了什么，只知道他的身体越来越差。于是他开始想办法摆脱这种生活，在装了快五年的普通人后，NDT终于在去年决定放他出去。本以为能就此获得新生，没想到却被关到了另一个地狱。

"我在中国的一切经历都被删除，他们虚构了我的人生，给我安上这个疯子的身份，无论我说什么话都不会有人相信。也许在这里被关上第二个五年，我就能真的获得自由，但我等不了了，我太想过正常人的生活，哪怕就一天，一个小时……"元夕将额头抵在玻璃窗上，语气越来越绝望。

研究所七年，疯人院一年，中间成功逃出一次，并大声地告诉世人真相，却没有人愿意相信他的话，这种在黑暗中越陷越深的无助，没有经历过的人无法体会。

顾惜和白晓米都为元夕的遭遇感到痛心，卫寻则低头紧紧握着拳头，身体在不断地颤抖。

"你们报警了吗？"元夕突然问道。

顾惜摇了摇头。

"对！千万不要报警！NDT能带着这么多人消失那么久，肯定有他的手段，我怀疑警察局和NDT也有勾结，如果不是如此，至少我报警他们也应该去查证才对。所以拿不出确凿的证据，就千万不要打草惊蛇，因为没有人会相信你们的话，你们也会像我一样，被当作精神错乱，被NDT的人毁掉你们一辈子！"

不能报警这点他们早就想到，怕的就是打草惊蛇，但元夕被当做疯子关进疯人院的遭遇让几个少年后怕不已。顾惜摸摸发冷的脖子："所以只能等我们三个人找到NDT非法囚禁、进行非法研究的证据，才能让政府和警方介入调查，对吗？那我们就必须进入到NDT的内部……"

"救出里面被囚禁的天才，这是打垮NDT的唯一办法。"元夕盯着顾惜看了看，语速快了起来，"在NDT的主楼内，你们能见到的是通往它研究室的第一道门禁，但进去了也不会发现什么的，你们能看到的只是NDT的正常研究场所，想要接触它最核心的部位，还要再经过第二道、第三道门禁……"

几个人点点头，他们都见识过元夕说的第一个门禁，虽说是就算突破了也没什么发现，可还是有人暗自看守，外人连靠近都靠近不了，想要进入难度很大。

"我待了七年的NDT，要想冲破宿舍区的第三道门禁其实早有办法，但第二道大门是密码锁，这变成了困扰我们的最大问题。但后来我们发现，在第二道大门那里有通向外界的泄洪口，从泄洪口的管道里爬出去，不需要通过任何门禁，保证不会有人发现你。但泄洪口太窄小，我们里面没有人能钻进去。不过，我发现你们中有人是可以爬进去的。只要能够和我的同伴联系上，带些他们需要的设备进去，我想，逃出来不是问题。"

顾惜很快被三束目光包围起来，她抬起自己的胳膊看了看，相比于同龄的女孩子，她的骨架算是非常娇小一类，卫寻一只手圈住她的小臂都没问题。要不是今天被元夕这么一说，她都没有注意到她比爱黏人的白晓米还要矮点儿。

之前一直什么都不怕的大姐大形象，让所有人都忽略了她是个比任何人都长得娇弱的小女生。

"好吧，那我去试试。"顾惜想都没想，就揽下这项独闯狼窝的任务。顾惜的勇气不由得让禁闭室的男生也生了钦佩之心。

就在这时，走廊里响起了说话的声音，正和元夕商量着计划的顾惜扭头看了看，不知道从哪个房间里走出来几个穿白大褂的医生，白晓米、卫寻都有些紧张，就算他们是合法进入这里，但待在禁闭室前嘀嘀咕咕，怎么说都值得怀疑吧。

果然，夹着病历的一个中年男子在看到三人后，快走两步向禁闭室方向走来，嘴里还喋喋不休："你们是来看谁的？在那里站着干什么……"

幸好走廊颇长，两边人距离很远，白晓米又在顾惜的侧面，卫寻见有人朝这边过来，也抬步挡在顾惜前面，顾惜赶紧从口袋里掏出纸张和铅笔，蹲下从递饭的小门里扔了进去，再赶紧起来贴在门上小声说了最后两句话："你把NDT里面的构造，还有知道的泄洪口所在的位置都做下标记，等明天我们来拿。"

夹着病历的医生此时已经来到了三人面前，白晓米不愧是企业继承人，应付这种突发事件得心应手，她用流利的英文礼貌地解释着他们几人的来历，嘱咐完一切的顾惜站在卫寻身后，若无其事地看着两人对话。

男人拨开三人，从禁闭室的窗口朝里看了看，没看出什么问题，于是医生也不再追究他们三人待在这里干什么，只挥着手让他们赶紧离开。白晓米道谢后，拉着卫寻和顾惜向楼下走去。

落在最后的顾惜，一边走一边趁人不注意的时候稍稍回过头去，她看到刚刚什么都没有的玻璃窗角落，元夕那双明亮的眼睛又出现了。

它们明亮得刺眼。

顾惜在心底无声地说：我一定会救你出去。

伦敦多雾多雨的天气已经过去，三人从疯人院回来的晚上，这个城市下了第一场雪，飘飘扬扬的雪粒洁白的、无声地洒在月光昏暗的夜晚。等到顾惜第二天起床打开窗子的时候，整个世界变成了白茫茫的一片。

旅馆的电火炉烧得很温暖，白晓米和一猫一狗窝在床上睡得沉沉的，即使在睡梦中，少女的眉心还是微微蹙起。连日来的疲惫和艰难，早透支了大家的体力，而形势的发展却越来越严峻。顾惜没有叫醒她，只是轻轻抚了抚白晓米的眉心，然后出门和等在门口的卫寻下了楼。

两人一起去了疯人院，用和白晓米相同的办法进入，见到元夕后没有多做交谈，直接从递饭的小门拿到元夕连夜画的简易图。

顾惜和元夕指尖相触的时候，受尽苦难的前辈只郑重说了两个字："小心。"

也许，这几个一面之缘的孩子，是他唯一和仅剩的希望了。

中午回到住处，白晓米已经醒来，她为大家订了个比萨，三个人马马虎虎地吃了点儿，就打开图纸研究了起来。

不得不说，被折磨了八年之久的元夕，并没有丧失天才的能力，他交给顾惜的这张图详细又清晰，在反面还写了文字说明。

从图上能看出，除了他们见到的那个对外的金属门，元夕所提到的另外两个门禁，一个是在普通研究区的后面，作为通向禁项研究区的大门，它是全自动密码锁控制；还有一个是沈千墨他们所住宿舍区域的进出通道，宿舍区的进出是人工控制的大门，除此之外还有舍管守卫。

在元夕的文字说明里能知道，作为试验品的天才们平时吃饭和活动都被囚禁在宿舍区内，偶尔会出去进行体检或者手术，唯一固定能出宿舍区的机会，就是每天一个小时的活动时间，但这也仅限在第二道门禁里，专门为他们建设的运动场地内。

NDT研究所的构造就像是射箭的靶子，一环套一环，外表光鲜亮丽，越往内就越见不得人，而最重要、最黑暗的靶心就是顾惜要去的位置。元夕所标注的泄洪口最多只能到达第二道门禁之后，为了获得能出第二个门的密码，他提出了一个非常惊人的方案。

顾惜在最靠近活动区域的一个泄洪口等待，到了活动的时间，所有被囚禁的少年出来时，找机会接头，如果接头顺利，就让顾惜冒充精通电子设备的卫桥散步活动，把卫桥留在第二道门禁那里破解密码，顾惜则在一个小时活动结束后代替他返回宿舍，等到第二天的活动时间，两人再换回去。

元夕说，每次他们进出宿舍区，舍管守卫刚开始还看看脸，后来就只是数人头，只要人头数够了就行，所以顾惜这个替代计划是有可能实现的。

他说过里面的天才们已经知晓如何冲破宿舍的门禁，至于如何在上千个眼线、四处都是摄像头的环境中，从最里面的宿舍区顺利通过三道门禁，走到NDT的外部，这还是个极大的问题。

说到那上千个眼线和摄像头，顾惜不知怎么就想起了他们三人和沈千墨夜探贝校长办公室的那回事，她眼神亮了亮："卫寻，你还记得你曾经黑掉整栋楼监控吗？"

计划可以这样：第二天活动时间卫桥和顾惜换回来，在深夜的时候，等NDT里所有研究员都睡着，卫寻黑掉从第二道门禁通往NDT大楼门口的那段路的监控，沈千墨他们从宿舍跑出，用卫桥破译的密码锁打开第二道大门，再偷穿上他们曾经见过的白色连体服，走过长长的一段路，推开最终的金属大门就成功了。

计划一步、两步……在慢慢地剥丝抽茧中，这所有的一切都看似迎刃而解，但其实每一步都是走在刀尖上。

被这个复杂计划绕了半天的白晓米，终于在卫寻的解释中明白了大概的过程："你们这也太冒险了吧，错一步，我们所有人都要完蛋。"

的确，谁能保证顾惜替代的卫桥不会被发现？谁能保证卫桥独自留在第二道门禁那里破解密码不会出什么意外？谁又能保证所有的一切都能顺利进行，但在最终走向光明的途中，又能那么幸运的一个人都遇不到？

这些都是太不确定的因素。

的确危险，但是既然选择了和全世界为敌，那么就不要畏惧失败的可能性。

"我们也没有别的办法了，这就是最佳方案。"顾惜起身，她五指相扣动动筋骨，关节间发出清脆的"咯咯"声。

脸颊被火炉烤得红彤彤的白晓米在顾惜的斗志中重重叹口气，就像在洛河峡谷她用绳子拉住顾惜一样，如果她无法替代她去冒险，那么就竭尽全力给她一个坚强的后盾。白晓米取下一直戴在胸前的玉扣，套到顾惜的脖子上："这是我从小就不离身的护身符，亲爱的，一定要好运。"

那枚玉扣圆润通透，红绳上带着少女特有的香气，顾惜拿起来贴在唇边亲吻后，放进了衣服里面，她拍拍卫寻和白晓米的肩膀："幸运女神是会站在正义的一方的。"

敲定好所有方案，卫寻给了顾惜一些有用的仪器，便回到自己的房间开始捣鼓起他的两只宠物，三个人在旅馆里窝到凌晨三四点，然后出发去找在NDT外面的泄洪通道。

伦敦郊外的雪夜，有一种童话般的浪漫，宽阔无人的街道，披着白大衣的路灯，陷入沉睡中的矮小房子……只是顾惜三人根本没心思注意这些，他们把自己包裹得严严实实，绕着NDT的围墙默默地行走着，寻找着，一猫一狗在他们身边欢蹦着跟随。

在一棵树下找到一个下水道后，卫寻用工具撬开盖子，三个人合力把它移开，顿时一股怪味散发出来。黑洞洞的地下世界可怕得瘆人，顾惜用手电筒伸进去晃了晃，什么也看不清。

"白晓米，你留在上面看着，别让人把出路堵了，我和卫寻下去瞧瞧。"顾惜抱起"马铃薯"，塞到自己的背包里，卫寻这个不良主人则直接拎着猫咪塞进了羽绒服，"西兰花"露在拉链外的猫脸被挤成了一团。

还在担心自己下去会不会一路都拖大家后腿的白晓米羞报地摸摸头，顾惜是已经考虑到她害怕逼仄黑暗的空间，才不动声色地为她解围的吧。

"你们放心，我保证完成任务！"白晓米拍拍胸脯。

顾惜和卫寻两人依次爬了下去，用手电筒照了下不知道通向何方的下水道，里面并不像想象中那么恶心，混凝土的墙面，两边是可以供人走路的狭窄路面，中间水渠一样的结构，里面有污水在流动，可以看到不远处有管道通到这个水渠中。

熟悉了环境的两人决定逆着水流的方向走。

泄洪口是NDT特别设定的一条排水管道。NDT堡垒一样的建筑模式，在伦敦这种多雨的城市中，很容易造成雨水的堆积滞留，不能顺利排出去，设计师便只能单独设计一个通道，以便雨水排出，除了NDT大概没别的工厂企业会建那种下水道。不过现在快接近圣诞节，雨雾天气早已消失，空气干冷起来，最近都没有下雨，里面应该会比较干燥。

根据这样的推断，其实很容易判断哪条管道是NDT的泄洪通道。毕竟这里是在离NDT很近的外围。顾惜和卫寻很快找到了疑似泄洪排水口的洞口。卫寻站在原地比画了比画，小小的通道口，他硬塞其实也勉强塞得进去，若是一直这样前进还好，但通道毕竟不可能永远都是一条直线，若是遇到转弯的地方，那是要把身体掰断才能转过去吧。

脱掉外套的顾惜，动动僵硬的手脚，她让卫寻蹲下来，然后踩着他的肩膀，身体向里挤，正好能跪在里面，对她而言，这样的活动空间恰恰好。

试过之后，顾惜从里面退了出来，对于根本就不知道里面分叉口情况的两人来说，还是先探查出从这里到第二道门禁内的泄洪口的路线为妙，那么，这个时候就该卫寻的小宠物们发挥作用了。

"西兰花"一见主人要把它扔到那么黑洞洞的地方去，当时就不乐意了，它胖脸一扭，自己在羽绒服里转了个身，傲娇地将后脑勺露在了外面，还是卫寻强制性地拎了几次才拎了出来，然后托着它的屁股把它推进了未知的通道里。

顾惜也从背包里拿出"马铃薯"，卫寻在它身上抚了抚，狗狗看见自己的同伴已经跑走玩去了，也撒开腿赶紧进了洞口，很快跑没了影。

卫寻从兜里掏出一只游戏机大小的显示器，在显示器里的左侧能看到两条线在延展，说明"西兰花"和"马铃薯"的行走路线都被清晰地在这里记录下来；右侧有两个视野，分别能看到"西兰花""马铃薯"前方的状况。这就是他今天花了半天时间，为他的两只宠物新加的功能。

两只机械宠物的查探，比一只来得快得多，大概过了二十几分钟之后，卫寻就在"西兰花"的视野里看到了他想要看到的东西。

"西兰花"这小东西蹬着腿，第二次从井字形的盖子口露出头来，这次通过它的眼睛，能看到宽阔露天的环境，猫鼻子靠近的地方是塑胶地面，像个小型足球场，在不远处还有座很大的白房子，如果没有猜错的话，这个房子是元夕描述的NDT为天才少年们建立的室内健身房。

卫寻在他的显示屏上标注了从起点到"西兰花"现在所在位置的完整路径，然后按下显示器下方的一个按钮说道："'西兰花''马铃薯'，可以回来了。"

顾惜看到显示猫咪的那条线，收到卫寻命令后就"嗖嗖嗖"地开始向回赶，速度和出发的时候简直不是一个档次。顾惜摸摸鼻子，卫寻这家伙造的是什么鬼心机喵啊……

"西兰花"和"马铃薯"回来后，从不远的井盖处透下来的微光，表示现在已临近清晨，早起的人们也该陆续醒来，早开的食品店也该开始营业，Septecony区的每个人又快开始一天繁忙的工作了。

折腾了半宿的卫寻正准备装好猫狗返回，顾惜却止住了卫寻的动作，她拿过那只显示器，看了看标注的线路，又将身上的外套脱去："反正都来了，不如今天就行动吧。"

蹲在地上收拾东西的卫寻有些惊讶："这是不是太仓促了啊……也许还有很多我们没有想到的地方，我们要不要回去再考虑几天……"

顾惜闭上眼睛深吸口气，大家都知道这个任务太艰巨，只要开始了就毫无退路，错一步就全盘皆输，这一点让所有人都感到害怕。但对于NDT这个未知空间，哪怕是考虑、考虑、再考虑，其实也无法准确地预测到会发生什么状况，时间过得再久，增添的也只是害怕和恐惧而已。

与其想出更多的困难来自己吓自己，还不如趁着现在一鼓作气向前冲。

"就现在吧，其实我们都知道，再等也不会有更好的选择。你今天给我的所有东西我都带来了。"顾惜拍拍她的裤腿，包括大腿侧面的两个口袋，都鼓鼓地装满了东西。

卫寻沉思了几秒，起身挪到通道口再次蹲下，他像个成年男人一样什么都没有再说，只是拍了拍自己的肩。

顾惜将手电筒咬在牙齿之间再次跳了上去，她手脚并用地爬进去，整个人蜷曲在管道里面，开始了艰难的前进，由于空间太过窄小，每一步的移动都需要花费大量的力气，虽然没有穿外套，但不一会儿顾惜就已经汗流浃背。

顾惜手里显示屏上的路线看着很近，实际距离却极远，再加上爬几步就要停下来歇会儿，需要耗费很长时间。而随着时间的推移，管道里极度的黑暗与逼仄，无时无刻不让人想要疯掉，顾惜咬着手电，憋闷得心脏都快要从胸腔里跳出来了。

爬管道是她这辈子都不想再次经历的事了。

过了将近一个小时，顾惜微微听到了风声。她加快了自己移动的速度，很快又感觉到了亮光，然后是微凉的空气，还有雪片湿漉漉的触感……顾惜看到了井字口盖。顾惜爬到井盖下，手表提示现在是早上六点。

元夕说，上午十一点到十二点是他们固定出宿舍的活动时间，那么要见到他们就，还要等至少五个小时。

顾惜缩了缩身子，又向通道里面退回去一点点，她不想让外面的人发现这地方藏了一个人，也尽量不让冷风吹到自己，因为汗水湿透了的衣物，已经让她感觉到了点点凉意。顾惜就这样抱着双臂在困顿和寒冷中慢慢睡着了。

在半醒半睡间，顾惜梦见了曾经在草原上，在丛林里自在玩耍的日子，爸爸妈妈教她骑马爬树，原住民们教她唱歌跳舞。大自然没有阴谋诡计，而人的世界太复杂，她在这半年时间里经历了太多她不曾知道的东西：排挤、诬陷、逼迫、被曾经相信的人背叛……直到现在的孤立无援、拼死一搏。

如果真的可以沉沉睡去忘掉一切就好了，但不可能。渐大的人声和变得耀眼的光亮将她唤醒，已经浑身麻木的顾惜抬起疲惫的眼皮，看了眼手表——十一点二十。顾惜赶紧爬到井盖底下，从兜里掏出小型潜望镜，从井盖缝隙中伸了一点点出去，下端贴上左眼。

立刻，身上的血液都沸腾起来——是前辈们。

她见到了只有照片里才见过的许敏意，传说已经死掉了的周子楚，让卫寻牵肠挂肚的卫桥……还有生死与共的沈千墨。

除了她认识的几个同学院的人，还有一些白人和黑人，都统一穿着天蓝色的衣服，三三两两在塑胶地面上散着步，所有人都很安静。

顾惜转动潜望镜，观察附近的看守人员，能看到白衣人在很远的地方，漫不经心地玩着手机，于是顾惜瞅准机会，在一个少年走近她的时候开始小声呼唤："嗨！嗨……"

少年开始觉得自己是幻听，但真的发现泄洪管道那里有女孩子说话的声音的时候，他赶紧跑了过来蹲下，蓝色的眼睛和黑暗中顾惜黑亮的眸子相对。他的脸上露出不可思议的神色，随即抬头看了下四周，努力保持着镇静的神色。

"我是沈千墨的朋友，也认识你们的元夕前辈，你可以完全信任我，现在我需要你帮我把这个井盖打开。"顾惜急切地用英文解释一切，然后隔着井盖伸出五指。

白人少年点头，和顾惜一起试了试，发现这个钢铁重物因为太久未动的缘故，死死黏在地面上。他不再逗能，起身跑走，再次回来时带了几个人，其中就有沈千墨。

"顾惜！"沈千墨见到顾惜后惊喜地压低了声音。他把自己的手指伸进去和顾惜的握在了一起，"刚刚戴维一个个地通知大家，说有一个亚洲女孩儿在井盖底下，我就知道那一定是你。顾惜，没想到这么快你就找到这里来了，我还以为……"

帅气少年话说到一半就消了声。他还以为被这样严密看守、严格监控的地方是不可能会被攻破的，更何况那个定位手环早在进入这里之前就被取下毁掉，顾惜他们想要找到这里简直是比登天还难。

"对啊，我来救你了。"顾惜拍拍沈千墨的手，她知道现在不是叙旧的时候，虽然看守的人很松懈，但这么多人蹲在这个地方时间久了也会让人起疑，"快，先把我从这里拉出来，我有事要说。"

四五个少年一起努力，很快将井盖打开。

被拉出来的顾惜在大家的掩护下进了室内健身房。除了留下的几个人在外面散步做做样子，顺便观察有没有看守会突然进来，其他人都进到了健身房。

大家围着顾惜，纵有千言万语也只能安静等待，现在时间是十一点三十五，还有不到半小时，所有人就必须回到宿舍区。时间紧迫，顾惜赶紧把所有的计划都和盘托出，不少人沉默，不少人点头，从来就没想过明天就能逃出去的天才们一下子有些不知所措。最早来这里的周子楚是所有人的领导者，大家的目光都看着他。

"就这么办吧。"周子楚现在已经不是当年的青葱少年，在这里待了八年后，他已经长成了睿智深沉的年轻男人。所谓的在实验中爆炸死亡根本就是谎言，许敏意也没有生病，顾惜看到她现在好端端地站在跑步机上，身上女性的曲线流畅有力，一点儿不健康的迹象都没有。

这里的每一个天才，在待了几年后都会被NDT以各种理由告知家人，他们遭遇了不幸，从而彻底切断他们与外界社会的所有联系。这也就是为什么NDT非法实验做了八年，仍然没有人发现的原因。

顾惜把裤兜里带来的工具交给了卫桥，里面不少东西她也不知道有什么用，反正是卫寻觉得卫桥可能用到的，就都带了来。其中还有个让这两个几年未见的兄弟通个话的手机，只是这时已经没了信号。沈千墨告诉她，只要进了第二道门禁，这里面的所有信号都会被屏蔽，别说手机信号，就是连网络信号都没有，顾惜拍着手机有些丧气。

"没事的顾惜，很快我就能和卫寻见面了。"和好友几乎是一个模子里刻出来的，却更成熟高大的男生掂掇这些插线还有电子设备，"如果要得到那道门的密码，五分钟足够了。"

果然是电子技术的高手。

赞叹之余，顾惜也看到了传说中的第二道门禁。

沈千墨描述了很久，顾惜才在整个活动场所的最远处，一个很不起眼的地方，看到了几乎和墙面融为一体的大门。作为隐蔽起来的禁区，NDT里的禁项研究所是不能被任何人发现的，所以此门虽小但绝不简单。

交代完注意事项，嘱咐大家要小心行事后，卫桥环视周围，决定藏在健身房放器材的柜子里等到晚上再行动。为了让顾惜充人头顺利瞒过守卫，一个身材稍稍比顾惜高点的日本女孩儿将自己的外衣和裤子脱下递给顾惜，并表示她有办法解释一切。

那个女孩儿的办法真是让顾惜吓了一大跳。在活动时间结束，所有人再次回到宿舍区排队进门的时候，女孩儿突然用胳膊向下夹住顾惜的头，就这么在队伍里横冲直撞起来。

被突然袭击的顾惜脑袋一片空白，只能低着头被牵着走，然后便听到女孩儿愤怒的声音在她头顶上响起。

"Shit！让你离我远一点，居然还敢把我的衣服撕破了！姐不穿了还不行吗，但你今天别想好过……"

在女孩儿愤怒的话语中，顾惜很明显看到脚底下经过一道金属坎，紧接着迈向了白色光滑的路面。再走了几步，女孩儿闭上了嘴巴，过了一会儿夹着她的胳膊也松开了。

"对不起。"放开顾惜的女孩儿，向她鞠了一躬。

摸着脖子的顾惜也赶紧鞠了一躬："没什么啦……能让我进来你就做得很厉害了。"

两个女孩儿互相笑笑，便成了朋友，这个叫做千代子的日本女孩儿向顾惜介绍了自己：她是去年才进来的新人，也是被Doctor Bei的名气和声誉吸引，来留学培养的，刚来时知道受骗，大吵大闹一通，结果被关了一个月的小黑屋，后来就慢慢学乖了。

如此看来，这里的所有人都是贝校长找来的了，原来不光是创世变成了他的一个试验品挑选中心，全世界的天才们他都想要收入囊中啊！顾惜眯起眼睛。

在后面的沈千墨也赶了上来，三个人开始同行。

宿舍区其实不大，一共就二十来个少男少女，两人一个房间，除了晚上睡觉时玻璃制的房间门是自动锁上的，白天的时候房门一直打开，大家可以在宿舍区自由活动，更重要的是，由于几年前为了得到一点点的隐私权而进行的集体反抗行动，使得安在宿舍区内部的摄像头被拆除，本来在里面的守卫也转移到了外边，只有吃饭和临睡前的查房他们才会进来。

没想到当时愤怒的一个举动，现在成就了隐蔽顾惜的有利条件。

整个环境都像个病人隔离区，地板、墙壁、天花板都是白色树脂无缝接合而成，宿舍区的构造就是一个长长的走廊，两边是房间，房间里的格局也一模一样：两张床、放在中间的白色长桌长椅，贴墙的液晶电视还有立式衣柜。

沈千墨和千代子带着顾惜来到卫桥的房间，卫桥的室友周子楚已经在房间里面，他看到顾惜来了，从床上坐起。站在门口的顾惜伸手摸摸已经缩到墙里去的门，突然想起了一件事："对了！元夕说你们已经知道怎么从宿舍区逃出去，到底是什么办法？"

周子楚指了指自己的头顶，顾惜看到天花板上有一个突出的东西，这是现在家庭都会安装的烟雾警报器。如果发生火灾的话，它就会喷水并发出警报声。

顾惜的目光里充满了疑惑。

"这个警报器不仅具有喷水报警的功能，它还能让关闭的玻璃门打开，也起到保护我们这些试验品人身安全的作用。在晚上，宿舍区的门只要锁上，外面的看守自己就会去睡觉，所以我们只要在半夜启动这个警报器就行。"

"可你也说了，这是个警报器啊！它会发出超大的响声……"顾惜做了个爆炸的动作。

周子楚哈哈笑，同样笑起来的还有身旁的沈千墨和千代子。沈千墨爱怜地揉揉顾惜的头发："你别忘了，关在这里的都是帮什么人，我们想要消掉警报器的鸣叫声轻而易举。"

好吧……她不应该用平凡人的思维来揣测这些智商高超的人类，都是贝校长精心挑选的能改变世界未来的人，消个音还不是随随便便的小意思。

顾惜不再管这些，她所要做的就在第二天神不知鬼不觉地和卫桥互换回来就行。能拿到第二道门禁的解锁密码其实就已经成功了一半，剩下的一切出逃准备，就该由这些天才的少年们计划了，反正他们想的肯定能比她周到一百倍。于是顾惜走到周子楚对面的床坐下："那我现在该干什么？"

年轻男人将床尾叠得整整齐齐的被子拉开，一股脑压到顾惜的身上："午饭、晚饭还有就寝查房时间，你就蒙着被子在床上躺着装死就行，其他的我来应付。现在就快到午饭时间了，你可以……"

顾惜没等周子楚将话讲完，自觉拿起被子蒙上脑袋，她在那个又冷又狭窄的地方睡得腰酸背痛，现在是真的困了。

兴许是任务的顺利完成，心里的压力也放松不少，顾惜一觉直接跳过了两顿饭和查寝时间，等到她醒来时，走廊和房间里的灯都已经熄灭，白天缩进去的玻璃门也已经合上，只有桌上台灯暖黄色的光线温暖迷人，周子楚坐在桌子旁不知在想些什么。看到顾惜坐起，他从抽屉里拿出为她留的蛋糕递了过去。两次吃饭，周子楚都以卫桥这家伙要睡懒觉蒙混过去，临睡前查房时看到床上有人，看守便当作完成任务一样，看看便离开了。

每天做些机械性的检查工作，偏偏还是管这些来之不易的，脾气不小的，被研究所当作宝贝的天才们，几年下来，疲惫、松懈，失去警觉是自然而然的事。

感觉到肚子瘪瘪的顾惜一边吃着蛋糕一边和男人聊天。虽然今天不过是第一次见面，但温文尔雅的学长给顾惜的感觉却像是相识已久的老朋友。

"学长，你怎么不困？"顾惜咬了一口蛋糕。

"只是有些担心未来。"

"只要这次能顺利逃走，你们就会拥有新的未来。"顾惜吮了下手指，

"到时候你们要将贝校长、将这个不人道的实验公之于众，NDT会成为世界瞩目的犯罪组织……"

在昏黄的台灯下，男人的侧脸明暗不辨，他撑着的头垂了下来："今天你进来，我其实觉得像是做梦一样。如果继续做这个梦，卫桥能拿到密码，我们通过第一个门禁、打开第二个门禁、溜出最后一个……在这个层层戒备的研究所里如入无人之境，最后获得自由，这种概率很小，我只是不愿意承认它其实就是零罢了。就算我们逃出了NDT，没有身份没有后援，恐怕连这个城市都还没走出去，NDT就会找到我们，将我们一网打尽。但是做是失败，不做连失败的机会都没有，我还是情愿搏一搏，唯独让我们无法安心的只有一件事——顾惜，我想给你个建议。"周子楚说这句话的语气比之前郑重不少。

"学长你说。"

"在你睡觉的时候，我们所有人已经商量过，即使逃跑失败，我们也不愿意让你们几个受到任何伤害。所以明天你出去后，和卫寻去黑掉摄像头时千万要小心。如果做不到就及时撤离，千万别把自己给牵扯进去。"

坐在床上吃了一半蛋糕的顾惜，一点儿胃口都没有了，她还以为这些智商超乎常人的天才们会多么聪明、多么有想法，没想到他们商量一下午的结果是最后的最后要她放弃。

顾惜承认，她的想法确实太过简单，突发的状况、逃出去后的情形，她根本就没有考虑到，但要说做不到就放弃那怎么可能！

一帮笨蛋！全世界最笨的笨蛋！

如果要放弃，他们早在"魔鬼游戏"时就放弃了，早在和沈千墨失去联系时就放弃了，早在被NDT无数次扔出来时就放弃了，为什么要等到现在？

这些人里有卫寻的亲人，有她的朋友，他们是绝对不会放手的！

学长严厉的目光直直地盯着顾惜，仿佛她不答应，他就宣布所有计划立即终止。顾惜撇下嘴角，重重"嗯"了一声，将手里的蛋糕扔进了垃圾桶，然后便捂着被子躺下，不再和周子楚说话了。

周子楚也没有话安慰顾惜，只是在灯下坐了一夜。

这一夜过得很平静，说明卫桥没回宿舍区这件事并没有被任何人发现。

第二天起床，顾惜的气还没有消，沈千墨找她说话，她也是爱答不理的，等到十一点，十几个少年又拥着她在混乱中出了宿舍区来到健身房。

卫桥从柜子里爬出来，十几双期待的眼睛都看着他。

卫桥满脸的疲惫和不辨悲喜的表情让人摸不着头脑，但当他从兜里掏出一张纸条慢慢展开时，几乎所有人都跳起来进行了无声的欢呼。

"在获得这个之后，我尝试了一次，门可以打开！"

又是一阵无声的欢呼。

卫桥成功之后，周子楚开始和几个核心人物商量下一步计划，沈千墨、千代子还有第一次发现顾惜的戴维等人负责掩护顾惜离开。二十五个少年一一和顾惜拥抱道别。

白衣人还是站得很远，为了防止他们发现可疑，几个平时就爱惹事的男生特地找了点事儿，挑衅地看着看管他们的白衣人，当所有看守的注意力都被转移后，已经和"试验品"们融为一体的顾惜很容易就到了泄洪口。

"三天之后。"沈千墨握着顾惜的手，将她放在通道里。

"提前祝你……平安夜快乐。"顾惜抬头依依不舍地望着美丽的少年，然后松开了他的手，让千代子和戴维把井字盖原样放好。

三天之后的平安夜，是英国非常重要的节日，无论男女老少都会欢庆这个节日，研究所的人想必也不会加班，所以这一天就是NDT被囚禁的二十五个年轻人和顾惜约好的出逃重生的日子。

平安夜，祝平安。

第十三章

出逃

揪了两天心的白晓米看到顾惜回来，无神论者的她虔诚地喊了十几声"感谢上帝"，才缓过劲儿来。卫寻什么都没说，但紧张的眼神已经暴露了他的内心。

又冷又累的顾惜裹着被子，将这两天的所见所闻全部说了一遍，包括NDT里面的情况，怎么混到二十五个天才里替换了卫桥，卫桥又是如何拿到密码，以及三天之后的出逃约定，卫寻听到顾惜说哥哥没事也放下了心。

如今所进行的一切都和预想中一样顺利，一想到三天之后就能揭穿一切罪恶阴谋，让所有人重见天日，白晓米和卫寻马不停蹄地开始策划该如何打入NDT的监控室，在三天倒计时里，两个人变成了要好的搭档，早出晚归地探查NDT监控室的位置情况。

顾惜第一次没有参与到这件事里面去，她的闭门不出兴致缺缺，白晓米和卫寻都表示包容理解，他们觉得顾惜只是太累了。

其实顾惜只是想起了周子楚那天晚上说的话。

想想也有道理，且不说逃脱过程困难重重，就算真的成功了，连身份都没有的他们，在这个异国他乡又能再跑到哪里去？

"嘟……嘟……"顾惜拿起手机，这张为了方便三个人联系而新办的手机卡，她还是第一次用它来打电话。

"喂。"电话接通，那边是很久没有听到的男声，似乎是美梦被吵醒，语气里还带着不满的怒气。

"唐宿，我是顾惜……"顾惜违反了卫寻说的不要和唐宿联系的约定。反正已经这种时候了，什么风险不风险的，都不重要了。

三天，在忙碌中很快过去。

平安夜这天，很多工厂和企业都放了假，人们都赶回了家，和家人团聚，Septecony区的临时住宅几乎没什么人留下。本来就没什么人气的远郊更加的寂静，要不是一些还在营业的餐馆和超市门口摆放的圣诞树，这里的气氛一点儿都不像平安夜。

白晓米和卫寻已经查到监控室就在NDT主楼里的负一层，NDT研究所除了第二道门禁之后的禁项研究区是秘密外，其他的项目都是正大光明的。要黑掉楼里的监控，两个人想的办法是利用白晓米白氏企业继承人的身份，联系NDT里面"生物密码"研究项目负责人，以谈生意为由头进入大楼内部，只要能进到大楼内部，卫寻就会找机会去到负一层的监控室。

所以这三天时间，两个人忙里忙外就是打造出他们是真心实意想要和NDT合作的态度，最终还真的约好了，今天晚上七点去NDT主楼商量合同事宜。

"顾惜，顾惜你开开门。"已经快到出发时间了，白晓米站在顾惜门口，敲了很久的门。但里面似乎没有动静。

穿着条紫色长裙的白晓米，手里搭着件米色大衣，既然是继承人，就要有继承人的风范，她回头看了眼西装革履的卫寻："怎么办？顾惜好像不想理我们。"

卫寻没有像白晓米一样继续敲门，而是下了楼，从旅馆前台拿到了把备用钥匙，打开门后才发现房间里干净整洁，根本不见顾惜的踪影。

门口的地上留了张字条。卫寻捡起来看了之后，交给了还想进去翻衣柜，看顾惜是不是在和他们躲猫猫的白晓米。

"白晓米、卫寻，你们继续今天晚上的行动不要改变。我还有更重要的计划，不能帮到你们很抱歉——永远和你们在一起的顾惜。"

"啊啊啊！顾惜这个坏蛋！有什么计划居然还要瞒着我们！"念完字条的白晓米把它扔到地上狠狠踩了几脚。

卫寻摇摇头，他慢慢关上房门："这个更重要的计划，她只是不想让我们知道后反对而已。"

此时此刻的顾惜，怀着对两个同伴隐瞒事实的愧疚，又一次爬进泄洪管道。明明想过一百遍，绝对不要再经历一次这种心脏憋得快爆炸的感受，但是要想进入到NDT的禁项研究区，这是唯一的路。

她这次选择的出口，是在禁项研究室外侧的一个泄洪口，这几天待在房间里，顾惜就对比着卫寻的两个机械宠物探路的过程记录和元夕画的泄洪口位置找到了路线。

爬了很久之后，顾惜终于看到了月亮的光，这次提前就想到了没有别人在外面帮她打开井盖，她自己未雨绸缪带了根短撬棍，转着圈将边缘撬过一遍让井盖变松，然后她再用力向上顶，终于将井盖翻了过去。

这一系列的活动发出些许响声，特别是井盖翻过去那"嘭"的声音，连顾惜自己都吓了一跳。好在平安夜研究室里没有什么人，不会有谁发现这里的异样。

顾惜探头从泄洪口爬出来。

禁项研究室是低调的水泥色房子，为了低于外围的研究室，它只建有一层楼，占地面积却比较大。顾惜猫着腰在墙底下走了一小段，找到了能进入的门。

这里的门没有锁，和手术室门非常类似，为了方便进出，里面外面都可以直接推开。

听周子楚说，他们的体检、手术都是在这里面进行的，但这里面还有很多房间都不知道是什么用途，也从来不允许他们到处乱看。顾惜推开禁项研究区域的大门，里面静悄悄的。

她今天来这里的目的只有一个——找到贝校长和NDT生物研究所囚禁天才寻找人类进化基因的确凿证据。

正如周子楚所说，出逃不过是下下之策，一旦失败所有人都会死得很惨，不过只要她拿到证据，就等同于拿到了可以杀死NDT的武器，一个人到这里来寻找证据虽然危险，也可能什么都找不到，但值得尝试。

顾惜这辈子所有的幸运大概都用在了这一天，她挑对了平安夜作为夜探时间。因为是平安夜，所有研究员都放了假，黑漆漆的宁静的走廊根本就没有人。顾惜从兜里摸出手电筒打开，把光线调到最小，然后一个房间一个房间地看过去。

刚开始进入的几个房间和周子楚说的比较像，里面有X光放射器、CT机等各种医学仪器，还有一些顾惜连说都说不上来，见也没见过的设备，反正设施水平堪比高精尖的国内外医院了。顾惜在一个大约是医生的办公室里，发现了二十五个天才们的病历，这些东西她都用手机拍了照片。

走完前面的这段"医院"，走廊出现了分叉口，向左向右都能走，顾惜随便选了一边继续探索，但是这里，无论是哪一个房间都不能像刚才那段一样随意进出，门无一例外都锁上了门。

这是什么情况？

顾惜拧了拧其中一个房门的把手，门纹丝不动。如果是卫寻或者沈千墨，大概会对怎么进入发愁很久，不过像顾惜这样没有别的智慧去打开门锁的女汉子，唯一能用的法子，就是蛮力。

反正没人能越过两道门禁到达这里，对于这种室内用门，轻便隔音为主，防盗性能较差，顾惜在手里掂了掂还没有放回去的撬棍，寻了个看得顺眼的房间，将撬棍薄薄的一头抵到门缝里，用力掰、用力掰……

"哐……"不大不小的一声闷响，门开了。

其实房间里也没什么不得了的，就是几排桌子，上面堆满了化学试剂，柜子里放着文件。

什么都不懂的顾惜当然不会乱动那些化学物品，卫寻上化学课，随随便便就能让试验台爆炸的事她还心有余悸，她只径直朝柜子走去。柜子里的文件她一一取了下来，里面专业的英文虽然不是完全能理解，但是从一个个单词里也能琢磨出大概的意思。

顾惜越看，眉头锁得越紧。

原来NDT不止是进行寻找改变人类进化密码的实验，它在这个不为人知的地方还有别的项目。贝校长也真是胆大包天，为了自己的科学梦想什么底线都没有，这里所有的进行的，都是突破人类极限的，违反伦理道德的实验。

顾惜用手机拍摄了她找到的这些文件和整个研究室，出门之后继续下一个房间的探索。

时间在翻找和拍照间不经意流过，才进了几个房间就已经到了凌晨，顾惜的手机也显示出内存已满的提醒。

现在周子楚和沈千墨他们应该开始行动了吧。手机视频存储满后，顾惜看了看手表，心里为他们捏了一把汗的同时决定不再继续，反正里面随随便便一个视频都已经够让NDT倒闭的了，她决定返回。

顾惜装好撬棍和手机正要往回走的时候，安静的夜晚突然爆发出"乌拉……乌拉……"的警报声，不光是她所在的禁项研究室的广播里有了警报，整个NDT研究所上空持续不断的巨响，还有突然亮起的灯光，让顾惜身上的血液一瞬间停滞，她熄灭手电筒，保持着一动不动的姿势，脑袋里迅速思考着下一步该怎么办。

是沈千墨他们被发现了吗？还是卫寻在黑掉摄像头的时候出事了？

反正无论如何，她现在要赶紧从这片混乱中逃出去，绝对不能让她夜闯实验室这件事也被发现。

顾惜跑了起来，她很快从入口的大门出去，外面高墙上射出的强光在来来回回扫视，一直都没有看见的白衣看守也出现在了视野中。顾惜匍匐在地，试图躲避所有的视线，向来时的泄洪口爬去。

就在此时警报声慢慢变弱，然后停止。

广播里有了几秒短暂的空白，然后传出了人说话的声音，并且还是中文，第一句话就让正在慢慢爬动的顾惜皱起眉头、竖耳朵。

"顾惜。我知道你在这里。"

是贝校长的声音。唯一不同的是，已经不再是亲切缓缓的语气。

顾惜加快向泄洪口移动的速度，快一点儿、再快一点儿……

贝校长的话还没有结束，广播里疯狂的挑衅的声音传遍NDT研究所的每个角落。

"白晓米用她的身份和NDT联系的时候，我就已经明白了你们的意图，向这里赶过来了。啊，原来是有计划的出逃啊，不过很不幸的是，所有人都已经被我抓住，你要救的那二十五个试验品，还有你的两个帮手都已经在我手里。顾惜，不管你在什么地方，我都命令你立刻赶到NDT的主楼楼顶来，对了，今晚的警察局的接警员也是我们NDT的股东，所以你无人可找……"

顾惜已经触到了井盖边缘，现在只要轻轻一跃就能从这里逃得无影无踪，只要她能不知不觉地逃出去，这所有被抓的人都还有希望获救。现在没有人注意到她，或者说这么几个转来转去的白衣看守并没有在刻意找她，也许他们已经胸有成竹，确信Doctor Bei一定有办法能将她逼出来。

不得不说，这男人的确选对了方法和手段。

他最后一句话告诉顾惜："如果你不来，那我就每隔十五分钟将他们中一个从NDT主楼楼顶推下去。"

紧跟着广播里传来了白晓米"救命、救命"的尖叫声。

NDT所在的地方是Septecony区的最远郊，这附近所有的人都回家过平安夜了，谁会注意到这里发生的绑架、威胁还有谋杀呢？

变态！

顾惜的嘴唇开始上下颤抖，伏在地上的身体完全僵硬，不去同伴必死无疑，去了可能连她也没有活路，连最后的希望都破灭了，怎么选择都是死路一条。

广播里开始了残忍的倒计时。

每一分每一秒的过去，都预示着即将有一个人死去。

顾惜颓然地在倒计时中起身，在原地站立了几秒，她不再躲藏不再逃离，而是反身朝第二道门禁处走去。很快，白衣的守卫看到了顾惜，便跑着围拢过来。

他们刚想抓住她，顾惜就愤怒地甩开他们的手："不要拉着我！既然我是自愿出来的，那我就一定会按Doctor Bei的话去做！快把门禁给我打开！"

顾惜的话语不容辩驳，一个小女生而已，何必要把她当成什么危险人物，反正几个人已经前前后后把她围了个严实，谅她也跑不掉。于是男人们绅士地让开，由顾惜自己走，打头的一个开了门禁，几个人快速向主楼走去。

几分钟之后，顾惜坐上了电梯，看着电梯的层数逐渐上升，她将手插在裤兜慢慢退到最后。

"叮。"电梯在顶楼开了门。

白衣看守先行走了出去，留下顾惜一个人站在电梯里。空旷的没有遮挡的顶楼，有巨大的风灌进电梯来，顾惜被吹得不由地用手挡住了眼睛。从手指的缝隙里，她能看见少年们被捆绑在一起，坐在楼顶中间的空地上，有不少白衣人站在他们外围背着手围成一圈。白晓米站在作为栏杆的水泥台上，脚尖已经探出边缘，她的身后贝校长正拿着话筒进行倒计时，只要他轻轻一推，白晓米就会掉下去。

十几层楼的高度，掉下去，必定粉身碎骨。

顾惜从电梯里走了出来，放下挡在眼前的手掌。正哭得稀里哗啦，浑身瑟瑟发抖的白晓米看到短发女生的身影，想走向她，又不能动弹，身子在风中摇摇晃晃，于是哭得更大声了。

"白晓米……"顾惜咬牙不看好朋友，转而将视线对向所有罪恶的根源——贝校长。

穿着灰色大衣的男人这次没有戴眼镜，他站在白晓米的下方，衣摆和头发在风中乱舞，整个人都已经不是原来儒雅睿智的模样。

"贝校长，我来了。"顾惜说道。

"我知道你会来。顾惜，你还是和小时候一样的个性。"男人哈哈大笑。

他扔了手里的话筒，广播里出现刺耳的吱啦声，随即便没有了响动，已然疯狂的男人朝顾惜快速走近几步："在学院里就破坏一切规矩，让我听话的孩子们慢慢有了别的想法，觉得没有什么才能的人也可以值得被尊重。没想到你的失踪，是要试图打破这里的平衡，破坏能够改变整个世界的创举……顾惜，我做得最错误的一件事，就是没有在入学的时候折断你的翅膀！"

巨大的怒吼声以贝校长为中心发散，震撼着在场每一个人的耳膜。几个被捆绑住的少年，不由自主地向后仰倒。

"才能，并不是评判一个人是否成功、是否优秀的唯一标准。我们这些孩子都能认清楚的事，为什么贝校长你却不明白呢？"顾惜摊开双手，身体因为失望而变得无力。

她指了指和天才们捆绑在一起的卫寻，"这个男生，他叫卫寻，是你所放弃的十三班学生，他什么常识都没有，会写的汉字连小学生都比不上，但是他为了能和哥哥相遇，愿意去学习他不擅长的课程，愿意忍受学院不公正的待遇，也愿意漂洋过海放弃他曾经拥有的一切。"

顾惜又指了指还在高台上哭泣的女生，"她叫白晓米，也是你所放弃的十三班学生，生来小脑就不发达，哪怕是简简单单的走路都会摔跤。她在洛河峡谷的野外行军里，跌倒最多，最狼狈，可欢笑也最多，洪水暴发的时候，她这样连自己都保护不好自己的女生却选择和我并肩站在一起，而不是像你眼中那些全能天才一样拔腿就跑。"

"我想，这个世界为什么要让大部分人生而都有缺陷，其实是为了让大家在后天用努力、用善良、用一切最美好的品质来弥补。"顾惜放下手臂，眼神真切又诚恳地看向黑暗恐怖的男人，"所以贝叔叔，寻找能够让全世界所有人进化成全能天才的方式，也许并不是我们真正所需要的。"

被绑在一起的二十五个少年默默地垂下了头。他们曾经为自己的才华而骄傲，为自己站在金字塔的顶端而自以为是，对那些平凡的甚至是蠢笨的人，他们不屑一顾。直到自己变成了笼中鸟，他们才知道曾经为之自傲的才能不过是渺渺尘埃，相比于此，在这里学到的平凡人所拥有的坚强和隐忍，才是让他们活下去的唯一力量。

也许是最后一句话刺痛了男人，他的双肩开始剧烈抖动，脸上的表情非笑非怒，有些瘆人。

从年轻时就一直怀有的梦想，为了它退出科研界，放弃大好前途，放弃未来能赢得的荣誉，执着地一步步走到这里，居然有人说这并不是人类所需要的。

胆敢抨击他长久以来的信念，他绝不姑息，绝不原谅。

贝校长猛地退到白晓米的身边，抬手抵住她的后背："如果你不收回你刚才的话，那么……"

站在栏杆上的白晓米被轻轻地一推，身体向前倒下的同时，贝校长又重新将她拉住，这一推一拉，对他而言只是个游戏，但旁观的所有人都倒抽一口气。

"啊……"白晓米闭着眼睛厉声尖叫。

"你这个疯子！"被捆住的卫寻忍不住挣扎起身，还没容他做什么，就被站在前面的白衣人一拳打倒，卫寻的头狠狠撞到地上。在他旁边的卫桥双手也被绑住，只能赶紧用肩膀撑起弟弟，顾惜看到有暗红色的血从他额上汩汩流出。

刚才还安静沉默的人们一下变得躁动起来。

贝校长再次伸手，想重复这个"死不死我说了算"的游戏时，所有人都没有想到，顾惜"扑通"一下跪在了地上，她搓着双掌举过头顶。

"我道歉！我道歉！"

尊严也好，骄傲也罢，在这个时候都显得那么苍白无力，她错估了这个男人的良知，这个时候唯一能做的只有妥协。

"我为刚才所说的道歉。"顾惜再次说道。但是贝校长好像并没有接受顾惜歉意的意思，他根本就不看顾惜，反而更加热衷于他的"生死游戏"。

一个又一个的少年被挑拣出来，和白晓米一样被逼着站上顶楼高台边缘，夜风凛冽，有些人因为手脚被捆缚得太久，根本就站不住，在高台上摇摇晃晃，几乎要被风吹下。

除了顾惜几人，这次试验品们的集体逃亡也让男人出奇的愤怒，不惩罚不威慑已经无法平息他的怒火，贝校长疯了似的，用手指着他精心挑选出的天才宝贝，一个个地询问顾惜，到底该让谁掉下去。

顾惜只是摇头。她跪在冰冷的地上，对于这一切什么都做不了。

越是无力，越是绝望，就越让人觉得有趣。贝校长让每个人在恐惧里徘徊，却不给任何人一个痛快，报复的快意已经淹没了他的理智。

他在这个人们欢乐庆祝的平安夜，操纵着恐惧游戏，疯狂地扬着手旋转、舞蹈，女孩子们抽泣的声音是最好的华尔兹乐曲，他陶醉地感觉到自己是这个舞台的主宰。

顾惜兜里的手机铃声响起，马林巴琴的专有铃声这个时候显得非常突兀。

一个白衣人走了过来，从顾惜兜里掏出手机，看了下还在闪烁的屏幕，对贝校长用不太标准的中文念出上面的名字："唐……宿。"

还转着圈疯狂大笑的贝校长慢慢收起手臂，他走到顾惜身边，接过白衣人手里拿着的手机划动了接听键。

"顾惜、顾惜！你发给我的东西我已经发送到世界各地的警察署，现在全世界的社交网站都在疯传你的视频，连英女王都知道了这件事，已经有人去救你们了。顾惜，你现在还好吗？他们……"

手机被狠狠砸到地上。碎片四分五裂地崩落开去。

男人慢慢蹲下身，他掐着顾惜的双肩，五指深深地陷到她的肉里，刚刚还在那享受的表情消失殆尽，他的整个五官变得扭曲，现在的贝校长别说和儒雅没有半点儿关系，就是字典里所有黑暗的词汇都不足以形容他现在的样子。

沉默保持了一分钟，男人启唇询问，话语里暗含着即将爆发的阴霾："你发的什么东西？"

顾惜忍着疼痛，低头不语。

"你发的什么东西！"暴躁的男人将双手移到了顾惜的颈脖，他狠狠捏着顾惜的脖子，直到她整张脸都变得通红，喘不过气来，才微微松开了一点点。

同样被挑选出来站在高台上的沈千墨开始大喊着顾惜的名字。

顾惜给了好友安慰的眼神，捂着脖子低声咳嗽："所有的东西都在那只手机里，你本可以看到的，只是现在已经成了碎片。不过告诉你也没什么关系，我能发的不过是NDT的所作所为的罪证。"

一直跟在贝校长身后的白衣人，很快将一只平板电脑递到男人面前，虽然大家看不见里面在放什么，但平板的扬声很大，顾惜一边走路一边解说的声音很清晰。

这就是顾惜今天录下的关于NDT恶贯满盈的违法实验的视频证据。随意从什么网站都能够搜索到。

除了顾惜的声音，这里是一片死的沉寂。

天空开始下起雪来。

一片，两片，数片……

洁白的、温柔的雪花漫天飞舞，它们落在了站在楼顶上的人们身上、头顶上、睫毛上，还有抬头凝望它的人的眼眸里。

真的是雪。是能掩盖一切邪恶，也能掩盖一切悲伤的雪。

伴随着这场雪一起来的，还有隐隐约约，越来越近的警笛声。

所有人，无论是二十五个被抓起来的"试验品"，还是站立一旁的白衣看守，他们都将视线转向声音传来的方向。如水滴掉入深潭，泛起的涟漪从中心无限扩大，有少年站了起来，有看守开始不安地挪动双脚。

顾惜心中了然。她在这次行动之前选择和唐宿联系，就是为了让他在千里之外帮她揭发NDT犯罪事实，让全世界最快地了解到真相。本来准备在研究室里拍下那些罪证，等出去之后再传给他，没想到计划永远没有变化快，若是现在不传，恐怕所有的真相又会被再次掩埋，于是在看守带她出了第二道门禁后，她就偷偷地在电梯里将所有的罪证发给了唐宿。

幸好贝校长的疯狂帮她拖延了不少时间，不过她也没料到，这个事实会瞬间就得到世界的关注，救援会来得这么快……

顾惜感到脖子又是一紧，窒息的感觉随之而来，她像是没有生命的麻袋片，被贝校长卡住颈脖从地上拖行到了栏杆处。她被拉起摁在高台上，胸口以上悬空向下，只有腰部和水泥台有接触，这样向下倾斜快要掉落的姿势，让顾惜本能地抓住前面人的肩膀。

第一次这么近距离的地看曾经崇拜过的长辈，他已经不是记忆中俊朗美好的模样，他的额上生了皱纹，鬓边有了白发，原来时间真的可以改变一个人。

月色被更强的光线掩盖，面对天空的顾惜能感觉到有光柱从楼下向上射来，警笛的鸣叫，嘈杂的人声，呼啸的车声混成一片，喇叭里传来警告上面人不要动的声音，让她的嘴角终于露出了微笑。

"有人来救你了是吗！你以为你获胜了是吗！你和你爷爷一样，只会阻碍我、毁掉我，让我毫无价值、一无所有！"男人在大声咆哮。

顾惜的脖子没有被松开，她感觉到越来越大的力气将她向下摁。她的胸腔里翻江倒海，缺氧使她的脑袋变得晕眩，顾惜眸中的中年男人渐渐有了重影。

从电梯和楼梯上来了不少拿着枪的警察，所有白衣看守早在警车停在楼下的时候已经选择放弃反抗，他们举起双手，在高台上被绑着的人质也被解救下来。

唯独只剩下掐着顾惜快要掉落的主谋不为所动，警察们只能出声劝导，一步步向两人悄悄挪去，但谁也不敢轻举妄动。贝校长当然知晓背后有人靠近，最后他闭上了眼睛："现在，我失去了一切。顾惜，不如这一程你来陪贝叔叔走吧。"

他松开了双手，将仰倒的顾惜向下推去，与此同时，男人自己也跳下高台。

尘埃落定，已经知晓结局的顾惜倒是释然，她不再因为害怕而抓住贝校长的肩膀，只是任由自己仰面滑落。

其实也没有什么可遗憾的，她终究是赢了。

正义终将打败邪恶。

光明终将取代黑暗。

萤火虫的光芒，蚂蚁的力量，也可以改变这个世界的，不是吗？

脚踝被一股强大的力量抓住。顾惜的自由落体运动在双脚离开高台的一刹那就已经被阻止。倒挂住的女生和抓住她的少年像是悬挂在高空中的杂技演员，在玩空中飞人。

半个身体挂在楼外的沈千墨朝顾惜大喊："顾惜！你都欠我几条命了！"

第十四章

尾声

顾惜上了英国邮报头版头条。

那张和沈千墨一起倒挂在NDT大楼上的照片也在新闻史上成了经典。

平安夜过后的第二天，所有的人都已经知道了NDT的罪行，各种讨伐的声音越演越烈，NDT被光速查封，所有和NDT相关的人员都交由法律来制裁，相信很快也能够给全世界一个公平公正的交代。

被大家关注的被囚禁的那二十五个天才，还有关在Septecony区疯人院的元夕，在各国大使馆派来的人迅疾召开了记者会后，就被分别送回了他们自己的家。

震惊世界的非法囚禁事件中，至关重要的三个当事人——顾惜、卫寻、白晓米低调地回到了创世。

唐宿见到顾惜和沈千墨几人回来，当然少不了把他们臭骂一顿，言语间对他们隐瞒抛弃的事实表示出极度的气愤，但最后还是忍不住拥抱了历经磨难的好朋友们。

国内关于十三班五人的报道铺天盖地而来。"魔鬼游戏"现场直播的各种热潮还没有散去，伦敦的大救援行动又一次让他们进入了民众的视线，于是媒体开始深挖他们从前的经历：非正式的创世入学、十三班被排挤、接受退学挑战……

对于十三班这个班级的这段历史，曾经的十三班的前辈们也来现身说法，把所有在精英创世曾经的遭遇都曝光于公众，非法实验的主谋贝校长还有他设立的十三班，再次将创世学院推向了风口浪尖。

从前人人打破头都想进的精英创世，现在的处境举步维艰。不过创世毕竟是名校，对于再多的抹黑，新晋的学院主事者依然镇定地保持着沉默，不理会一切外来的声音，但同时也进行着大刀阔斧的改革。学院的学生面对舆论风波也表现出优等生宠辱不惊的态度，所有人还是照常学习上课，只是之前的飞扬跋扈现在变得低调谦逊。

每天都有无数媒体人想采访顾惜，但顾惜根本就不想再提起这半年来她经历过的事，无论十三班也好、贝校长和她的渊源也好，还是在伦敦的经历也好，一切都应该随着时间而过去，她还需要重新开始生活。

学期结束放寒假的时候，她和十三班的同伴们曾经去看过贝校长一次。

可能恶人总是命比较长，那天从NDT顶楼掉下去的男人，砸到广告牌后又碰到电线，几经波折掉到停在楼下的警车车顶，被人从车顶翻下来送到医院抢救，竟出人意料地保住了性命。

除了身上多处骨折，贝校长的大脑也严重受损，几天之后，等他再次醒来时已经什么都不知道了。他一夜之间白了头发，老了面颊，快五十岁的儒雅大叔变成了个智商只有几岁小孩大的爱笑老人。

让全世界最顶尖的科学家变成个傻瓜，是对他最好的报应。

贝校长因为身体原因，没有被送到监狱，那些对他还抱着感恩之心的学生出钱，把他送往金城的鑫顺康复治疗中心治疗，度过他人生最后的时光。顾惜见到他的时候，他正坐在轮椅上和一个十几岁的孩子玩气球，两个人沉浸在童心的世界里开心地笑着，他们身边站着Miss Morry。

Miss Morry不再避讳她有一个智障孩子的事实，她的整个假期都是在康复中心度过的，照顾自己孩子的同时顺便也照看着这位被世人所唾弃的老校长。Miss Morry还是顾惜的班导，她现在不叫魔鬼，而有个好听的名字——茉莉。茉莉小姐现在有六个孩子：顾惜、沈千墨、卫寻、唐宿、白晓米，还有她自己的那个小傻瓜，虽然每一个都并不是她曾经期待的那样，但她很幸福。

去见见贝校长，就是茉莉小姐向大家提出来的。

被贝校长阴谋砸断肋骨的唐宿、骗去伦敦囚禁的沈千墨、逼着站在栏杆高台上当人质的白晓米，还有让人一拳打得头破血流的卫寻，来之前多多少少都不太愿意见到他，直到真的看见那个坐在轮椅上的一脸无害的白发男人，大家都沉默了。

所有的憎恨，所有的厌恶，所有的恩怨都因为他如今可怜可叹的模样而烟消云散。

顾惜在贝校长的轮椅前蹲下，静静地看着他澄澈无辜的双眸，他没有忧愁也没有阴谋，眼里的喜悦只不过因为手中的一个蓝色气球。这个人和那日在楼顶要和她同归于尽的疯子判若两人。

"丫头，你在看什么呢？"男人拿手里的气球砸砸顾惜的额头，然后哈哈笑起来，觉得蹲在他面前呆愣愣的人好玩又有趣。

"我在看我的叔叔。"顾惜握住他乱动的双手，那手仍旧温暖，仍旧亲切。

她和蔼可亲的贝叔叔，不会因为曾经走过歧途、做过错事而变得陌生，他终于又回来了。

一年的坎坷已经过去，自惊心动魄的解救事件两个月之后，创世的新学期也悄然来临。

明江市迎来了新一波的返学潮。告别爸妈还有新朋友千代子，从日本度假归来的顾惜，又一次来到了明江机场。

现在创世更加人性化，开学几天定点有校车来机场和车站接学生，于是女生在等车的时间里又去了趟人字拖老板的书店打发时间，书架上没有再发现《创世学院生存法则》的小册子，取而代之的是一本叫做《差生守则》的新书，这本书最近打进了图书热销榜。

顾老先生的差生守则几个字写在了封面最显著的位置。顾惜有些珍惜地摸着封面上的文字，之前被大家都看不起的东西，也不知道什么时候变成了争相传阅的经典，现在连路上走着的小学生都能说上几句爷爷写的守则……

"送给你。"老板将顾惜捧着的书向她塞了塞。

他还是胡子拉碴的邋遢模样，脚上的人字拖却换成了粉色兔子拖鞋，看样子这半年里老板的少女心要爆棚了。

顾惜挑眉，毫不客气地收下这件迟来的礼物。

创世学院还是老样子，偌大的校园、波光粼粼的湖泊、极具艺术感的各种建筑……木屋的四周因为天气转暖变得春意盎然，绿树焕发生机，白的、红的、蓝的各种花朵都开始争奇斗艳，屋前屋后开垦的小菜地荒了蔬菜，如今长出了绿油油的杂草，它还在等着主人来重新播种。

其实，在学院边缘的破旧宿舍也可以美得可爱。

五个少年再次相会，顾惜、白晓米换上了创世女生天蓝色的裙装，短发女生斜背书包干净利落，长发少女扎着圆点蝴蝶结发带显得俏皮可爱。几个男生也穿上了春季校服，和青春无敌的女孩子不同，卫寻头上受伤的地方有了永久的印记，沈千墨严重拉伤的双手目前仍在恢复中，唐宿还是老样子，唯有他时不时叉腰的动作，才暴露出他的内伤还没完全恢复。

"卫寻，听说你的'西兰花'批量生产了哦？"顾惜早在旅游的时候就知道了好朋友的喜讯，一直为自己不如哥哥而感到不自信的卫寻，现在有了这样可喜的成就，对他是很大的鼓励吧。

剪掉刘海的卫寻，冷冷气质少了许多，他摸着额头不好意思地笑了笑。

站在顾惜身边的白晓米却抱着双臂不开心："这么讨厌的囧脸猫也会批量生产，看来以后我见到猫咪就该绕着走了。"

"你呢，我现在去哪儿都能看到你这个大明星上镜。天天看到你这个倒霉蛋，我是不是也该绕着走啊？"顾惜戳戳包子脸少女，白晓米现在不仅是白氏集团的继承人，还成为整个公司的形象代言人，食品、房地产、家居用品……哪儿哪儿都能见到晓米甜甜的笑脸。

听了这话，白晓米一把抱住顾惜的胳膊蹭蹭，其实早在卫寻的机器猫咪上市的第一天，她就偷买了只翻版"西兰花"，现在猫咪的撒娇绝技她也学得分毫不差。

被两个女孩儿的友情排挤在外的三个少年摇头浅笑。

重新聚齐的五个人，每个人都有了新的变化，沈千墨被国外很多著名学院邀请入学，以后很有可能会变成比贝校长更年轻的教授；唐宿重新被篮球协会接受，终身禁赛的决定也撤销，他现在可以自由自在地在赛场上挥洒汗水，篮球新人王前途无量。

顾惜，只想守着爷爷的创世，保护它、爱着它，让这个还深陷舆论风暴里的学院度过世人的信任危机。

朋友们的捷报频频传来，她为大家高兴的同时还有淡淡的伤感。他们得到了更好的人生，创世已经不再是必要的跳板。他们，可能会告别创世，告别十三班，告别她。

顾惜揉揉白晓米的头发，目光扫过阳光快乐的卫寻、扫过骄傲自负的唐宿、扫过心有灵犀向她安慰一笑的沈千墨，偷偷擦了下微湿的眼角。

也许创世不是他们现在最好的选择，但他们还是选择继续创世的学院之旅，因为朋友，怎么能够说散就散呢?

听说新校长对长期存在的阶梯分班制度有了改革，下一届创世将不会再有十三班，也不会再有精英入学制度，普通学生也可以来创世上学。

顾惜所在的十三班，真的是最后一届十三班。但这不是个悲伤的结局。

五个人在门口调侃了会儿，就集体出门开始第一天的上课生涯。没想到一出门就遇到了"故人"。

长发精致的女生在木屋宿舍的道路口不知道站了多久，她看见打头出来的白晓米，还划着圈圈的右脚缩了回来。

郑希怡，几个月没见变得消瘦不少。

对于这个一直就排挤他们，并在比赛中耍诡计的坏女生，白晓米几人想装作没看见擦肩而过，郑希怡伸手拦住大家。

美丽的女生将手掌对着大家摊开，里面躺着九个银光闪闪的校徽。

"我是代表特优一班的所有人，"郑希怡低下了头，"来履行诺言退学的。"

橄榄叶、百合花，顾老先生亲自设计的创世校徽不单单只是造型精妙，它的含义就是和平与友谊。

刚刚自己还在感叹失去朋友的滋味，顾惜相信郑希怡和她的八个同伴也是如此。

"赌注只是一个玩笑而已。"顾惜走到郑希怡面前，将她托着校徽的手掌重新合上，调侃笑道，"和我们这些差生说的话何必当真……"

"没有，我不认为你们是差生！"郑希怡慌忙摆手解释，然后脖子就被嘻嘻哈哈的顾惜一把勾上。一向骄傲示人的女王殿下脖子一下红了，她还从来没和谁这么亲近过。

"哈哈，连你都不喊我差生，感觉好不习惯。"

"对不起……"

"没事啦！差生也是要被尊重的，以后特优一班要好好当我们十三班的对手哦！"

"那我们不用退学了？"

"你说呢？"

……

微风划过树梢，树枝映在地上的舞蹈清晰可见，明媚的阳光洒在六个前行的人身上，他们笑闹着消失在绿阴小道的尽头。

也许多年以后，痛苦和悲伤都将会被遗忘，但这美好的一刻，会被时光定格在每个人的记忆中。

图书在版编目（CIP）数据

差生守则 / 小姬著. -- 北京 ： 现代出版社，
2016.6

　ISBN 978-7-5143-4900-9

　Ⅰ．①差… Ⅱ．①小… Ⅲ．①长篇小说－中国－当代
Ⅳ．①I247.5

　中国版本图书馆CIP数据核字(2016)第104458号

作　　者	小　姬
责任编辑	杨学庆
出版发行	现代出版社
通讯地址	北京市安定门外安华里504号
邮政编码	100011
电　　话	010-64267325　64245264（传真）
网　　址	www.1980xd.com
电子邮箱	xiandai@vip.sina.com
印　　刷	北京建泰印刷有限责任公司
开　　本	690mm×980mm　1/16
印　　张	14.5
版次印次	2016年9月第1版　2016年9月第1次印刷
标准书号	ISBN 978-7-5143-4900-9
定　　价	26.80元